Madame, Mademoiselle, Monsieur

Pierre HAUX

Roman

AVERTISSEMENT

L'histoire de

« *Madame, Mademoiselle, Monsieur* »

résulte entièrement de l'imagination de l'auteur. Les personnages sont tous fictifs. Toute ressemblance avec des personnes existantes ou ayant existé serait totalement fortuite.

Rencontre inattendue

Il sortit de sa voiture satisfait de sa journée de travail. Le contrat qu'il venait de signer récompensait la stratégie audacieuse qu'il avait adoptée en ouvrant son cabinet d'avocat fiscaliste.

Son porte-documents à la main, il entra dans l'ascenseur et appuya machinalement sur le bouton du trente-huitième et dernier étage. Aussitôt, le voyant du rez-de-chaussée s'alluma. À cette pre-mière halte, il fut rejoint par un couple : lui 45 ans environ, elle, la tren-taine à peine entamée. Dès que l'ascension eut repris, l'inconnu remon-ta très haut la jupe de son accompagnatrice et s'adressant à lui :

— Monsieur, auriez-vous l'amabilité de lui ôter son sous-vête-ment ?

Interloqué, il considéra la jeune femme l'interrogeant du regard. Quel ne fut pas son étonnement de voir ses yeux lui dire « *Oui* » et même, plus que cela, puisqu'en fait, ils disaient même : « *je vous en prie* ».

Alors, il posa son cartable et entreprit de leur obéir du mieux qu'il put.

— Sentez, voulez-vous ? N'est-ce pas qu'elle me trompe ? Dites-lui qu'elle vient de me tromper. Insista l'inconnu.

Il porta le vêtement à son nez et démentit l'homme.

— Non. Je ne sens rien de tel.

— Naturellement, vous n'avez pas assez de matière. Passez légè-rement un doigt entre ses lèvres. Je suis sûr de moi !

Il porta sur elle le même regard interrogateur ; ses yeux lui répondirent de la même façon. Elle l'encouragea même en écartant im-perceptiblement les cuisses. Alors, de l'index, il frôla sa fente, sentit et même goûta le peu qu'il venait de recueillir avant d'affirmer :

— Non seulement je confirme qu'il n'y a point tromperie mais il me semble que *Madame* est prête à vous recevoir ; vous ou peut-être un autre, je ne saurai être trop affirmatif sur ce point.

Lorsque la porte du trente-deuxième étage s'ouvrit, le couple sortit de l'ascenseur en le saluant d'un « *Bonsoir Monsieur* ».

Décidément, la journée se révélait très agréable. Alors qu'il arrivait à son étage, il réalisa qu'il tenait à la main un sous-vêtement féminin et faillit en oublier sa serviette.

Rentré chez-lui, il nota consciencieusement sur un calepin la date et l'heure suivies de ces mots : « charmante inconnue accompagnée ». Sa collection de sous-vêtements féminins venait de s'agrandir.

En dégustant son whisky Highland Park 22 ans d'âge, Franck Despagne revit cette originale ascension et les acquiescements de la jeune femme. Il sourit en imaginant que, ce soir, elle ne se donnerait à personne. Il décida d'être désormais plus attentif à l'odeur et au goût de la cyprine secrétée par ses partenaires. Cette sage décision prise, il songea au reste de sa journée et à son avenir professionnel. Celui-ci se présentait désormais sous les meilleurs auspices.

Lors de sa spécialisation, il avait réalisé que tous les ans, la loi de finances modifiait substantiellement les règles fiscales et que l'idéal serait de pouvoir anticiper les mesures gouvernementales. Pour cela, il se lia avec de charmantes espionnes bien placées à Bercy et il adhéra simultanément aux deux partis politiques les plus susceptibles de bénéficier de l'alternance. Fort des renseignements qu'il recueillait ici et là, il pouvait devancer les plus importants changements et conseiller sa clientèle sur des choix fiscaux stratégiques. Il eut même l'habileté de ne pas se limiter aux conséquences fiscales, il y ajouta les effets collatéraux sur l'économie. C'est ainsi qu'il orienta un riche industriel vers un placement qui n'intéressait personne et n'avait donc guère de prix, lui assurant qu'il deviendrait valeur refuge dès le premier trimestre de l’année suivante. L’homme fit une très belle opération. En récompense, il venait de confier une bonne partie de ses affaires au jeune avocat et se ferait certainement un excellent prescripteur.

Décidément, aujourd’hui, tout était rose !

L'Étriquée

Pourquoi le visage de son « *hé trique hé* » lui apparut-il, alors qu'il se resservait une rasade d'alcool ? Probablement à cause du contraste entre l'attitude de cette inconnue dont il avait encore un peu de cyprine sur le bord du nez et cette petite bourgeoise bourrée de certitudes recueillies dans l'enfance dont elle faisait son miel sans qu'aucun des filtres de l'âge adulte viennent personnaliser son opinion sur tout et presque n'importe quoi.

Il l'avait rencontrée lors d'un dîner chez des copains. Cette jeune mariée se retrouvait déjà seule pendant que son époux combattait pour la liberté sur les terres afghanes, ou maliennes; il ne s'en souvenait plus. Durant toute la soirée, elle avait monopolisé la parole assénant ses propres vérités que tous devaient considérer comme paroles d'évangile ! Il quitta ses amis beaucoup plus tôt qu'habituellement se jurant de se la faire d'ici au retour de son militaire prévu dans trois mois. Il l'avait trouvée « *étriquée* » d'où son appellation d'« *hé trique hé* » qui cumulait son jugement et son intention.

Il accepta une soirée cinéma avec le même groupe d'amis. Cela l'ennuya profondément mais il faut savoir ce que l'on veut. Lorsque, tous ensemble, ils prirent un pot et qu'elle eut regretté la scène d'amour - 30 secondes sur une durée totale de 1h20 ! - qu'elle jugeait « *inutile* » et « *beaucoup trop réaliste* », il l'écouta parler du Paris méconnu et accepta, enthousiaste ?, de l'accompagner lors d'une ballade « découverte » qu'elle animerait. La première fois, ils furent cinq à l'écouter avec la plus grande attention. Mais, dès qu'elle avait le dos tourné, ils riaient tous sous cape, connaissant déjà le coin, apparemment mieux qu'elle, notre ami les ayant déjà entraînés dans ces lieux. Ils furent corrects mais ne revinrent plus aux invitations qui suivirent. Ainsi, Franck se retrouva seul avec elle et joua parfaitement son rôle d'inculte très intéressé, buvant ses paroles. Ils prirent un pot dans un bar et il joua de ses yeux comme de son sourire de dragueur impénitent pour commencer son travail de déstabilisation. Il marchait sur des œufs et sur la pointe des pieds. Il usa de la prudence, mère de la sûreté, puis la raccompagna chez elle. Après deux dimanches après-midi de ballades en duo, il accepta la troisième à la condition qu'elle consente à dîner avec lui. Reconnaissons qu'il fit un peu l'hypocrite :

— Tu me fais découvrir tant de choses que tu mérites bien une petite récompense.

Elle céda.

Ils se retrouvèrent dans le quartier de Montmartre par un temps bien ensoleillé mais la météo annonçait tout de même de possibles ondées. Après avoir déambulé plus de deux heures, voyant le ciel s'assombrir, il déclencha l'une de ses techniques de drague :

— Une averse arrive, vite un bistrot…

D'autorité, il prit la jeune femme par la main l'entraînant vers un abri tout en courant de plus en plus vite jusqu'à ce qu'elle se torde un pied. Ils entrèrent dans un bar où il l'installa sur une banquette et se précipita au comptoir chercher un verre d'eau qu'il lui apporta.

— Bois, ça te fera du bien.

Elle avala l'eau d'un seul trait.

— Tu es toute pâle ! Où as-tu mal ?

— Au pied droit, j'ai dû me fouler la cheville.

Il se plaça face à elle et lui prit le pied souffrant pour le poser sur ses genoux.

— Je vais te masser un peu, cela te soulagera. Je suis vraiment désolé.

Il était trop tard pour réagir, elle aurait l'air ridicule. Il ôta très délicatement la chaussure puis la socquette et débuta ses manipulations. D'abord la cheville pour faire comme si. Le garçon attendait la commande : *« 2 chocolats chauds, s'il vous plaît »*. Elle avait déjà repris des couleurs. Il s'attaqua alors à la plante du pied sans s'occuper des chatouillis qu'elle ressentait comme beaucoup de femmes sensibles à cet endroit-là. Il se concentra sur la moitié arrière du pied, côté talon donc. Il demeura courbé sur sa tâche jusqu'à ce qu'il sente qu'elle réagissait remarquablement. Alors il leva les yeux vers elle et ne la quitta plus œuvrant toujours à la détendre tout en lui donnant des envies qu'elle ne connaissait pas. En lui apprenant cette chinoiserie, Cheng, un copain de fac lui avait fait un bien beau cadeau. Lorsqu'il comprit que son petit peton avait bien œuvré, il reposa son pied à terre avec douceur en lui disant :

— Je ne peux pas faire mieux ; maintenant, tu peux te rhabiller !

Il la vit rosir légèrement soutenant son regard enjôleur.

— Merci, ça m'a fait du bien et cela va déjà beaucoup mieux.

Prudent, il avait emporté une liste de bons restos ouverts le dimanche soir. Il l'interrogea en se faisant charmeur :

— Il est temps que je réserve une table. As-tu des goûts particuliers ?

— Non, j'aime tout…

— Mais peut-être as-tu des envies particulières que nous pourrions satisfaire ce soir… - il laissa sa phrase en suspens quelques secondes - en préférant telle table à telle autre ?

— Je te fais confiance.

En taxi, il la raccompagna chez-elle car elle voulait changer de tenue, la sienne faisant trop « sport » à son goût.

— Je passe te prendre dans deux heures. Repose-toi bien. À tout à l'heure.

L'« *hé trique hé* » ne comprenait pas. Non seulement sa cheville ne la faisait plus du tout souffrir mais elle vivait une forme d'extase. Parfaitement décontractée, il lui semblait qu'elle venait de mettre à terre un sac trop lourd pour elle et que libérée de cet horrible poids elle marchait plus aisément, plus gaiement. La jeune femme laissa filer le temps savourant cette découverte. Elle mit un disque de jazz, força le son, fit trois ou quatre tours sur elle-même avant de s'allonger sur le divan. Puis elle alla se préparer. Jamais encore elle n'y avait porté une telle attention.

C'est au restaurant qu'il remarqua un sensible changement dans sa tenue comme sur son visage. Les résultats balayaient ses plus folles espérances. Il redevint un simple ami pour ne pas lui donner de soupçons et la laisser « *mûrir* » selon son langage de dragueur macho…

Lorsqu'il la raccompagna, arrivés au pied de son immeuble, il sortit du véhicule pour la saluer. Elle crut qu'il voulait monter chez elle mais n'eut pas le loisir de se déterminer à ce sujet. Il l'embrassa vite sur les deux joues et lui souhaita une très bonne nuit avant de remonter dans le taxi qui attendait. Le chauffeur le connaissait bien et ils avaient convenu d'un petit signe lorsque Franck se trouvait en charmante compagnie : un geste discret sur l'épaule droite signifiait : *« Attends-moi, ce soir tu me ramènes » par contre,* sur l'épaule gauche *: « Tu peux y aller, je me débrouille pour rentrer».*

Elle ne s'endormit point de bonne heure non pas que la douleur revenait mais parce qu'elle prit plaisir à revivre ces quelques minutes du délicieux massage que lui avait administré son compagnon d'escapades. Elle frétillait sous ses draps ; ce n'était pas bien mais c'était si bon.

Le lundi midi, il se fit un peu jésuite et prit de ses nouvelles. Elle n'avait pas besoin de ça pour repenser à cette fin d'après-midi.

Ses nouvelles sensations revenaient toujours dès qu'elle y repensait. Un terrible combat s'opérait en elle : ne plus y penser mais y penser lui procurait une telle sérénité, une telle paix intérieure qu'elle y repensait de plus en plus, puis sans cesse. Au bout de trois jours, n'y tenant plus elle l'appela.

— Je te dois une invitation. Es-tu libre samedi prochain pour venir déjeuner chez-moi ?

— Avec plaisir. Que veux-tu que je t'apporte ?

— Rien. Laisse-moi faire.

Elle *mûrit* encore pendant deux jours et même s'empourpra lorsqu'elle reçut le vendredi soir un splendide bouquet de fleurs. Une fois encore, cette autre technique fit son effet. Elle sortit trois vases et se mit à faire ses compositions florales. Ah ! Comme les femmes et les fleurs s'aiment bien. Heureux les hommes qui prennent soin de leur en offrir et surtout de le faire à temps. Alors, évidemment elle y repensa et notamment dès qu'elle se déshabilla pour la nuit. Elle avait posé à côté de son lit, un soliflore contenant l'une des fleurs offertes. Ainsi, il se trouvait déjà là… La rose qui semblait la regarder se dénuder, c'était un peu lui…

Comme convenu, à 13 heures tapantes, il sonna. C'est une jeune femme transformée qui lui ouvrit joyeusement la porte. Une parfaite mise en plis remplaçait sa stricte coiffure, son corsage ne se dissimulait plus sous un pull ou une veste et il ne lui connaissait pas cette jupe à peine fendue sur un côté. Son visage rayonnait la rajeunissant d'au moins trois ou quatre ans. Il comprit qu'il venait de gagner son challenge d'autant qu'elle lui demanda de la servir d'un whisky coca. C'était bon signe !

Il la complimenta.

— Je te trouve resplendissante et vraiment très belle. Bravo. C'est tellement agréable d'être en charmante compagnie. Je sens une agréable odeur. Que nous as-tu préparé ?

Pour une fois, ils badinèrent ainsi durant tout le début du déjeuner. Au fromage, il la fit rire avec quelques histoires belges et deux autres que lui avait racontées un ami juif. En dégustant sa crème au chocolat, il reprit son air charmeur et mangea de manière suggestive et même un peu provocante. Il savait qu'il pouvait se le permettre ; chez-lui, avec son visage de jeune premier, toutes les extravagances paraissaient de la candeur.

— Installe-toi au salon, j'apporte le café qui doit être prêt.

Il la laissa partir avec leurs assiettes et le reste de crème. Assuré qu'elle fut dans la cuisine, il attrapa quelques affaires sur la table et les lui apporta. Il s'approcha suffisamment pour qu'elle sente son souffle sur sa nuque lorsqu'il lui demanda :

— Où veux-tu que je pose tout ça ?

— Où tu peux. Vas donc t'installer confortablement, j'arrive.

Il disposait de quelques minutes pour se préparer à la suite : l'estocade. Lorsqu'elle revint, il nota qu'un bouton de son corsage avait sauté de lui-même ou, autre hypothèse, parce qu'elle l'avait aidé. Il décida de ne rien précipiter.

Après les avoir servis, elle s'assit en face de lui et envoya promener ses escarpins. Il considéra qu'il s'agissait d'un bon début.

— Où as-tu appris à masser les pieds si efficacement ? L'autre jour, tu m'as fait un bien fou. Cela ne t'ennuie pas de recommencer ?

L'assaut final devenait inutile. La ville assiégée se rendait sans coup férir. Et voilà le travail se dit-il en se rapprochant d'elle et posant son pied droit sur ses jambes. Il commença la manœuvre sans la regarder faisant mine d'avoir à se concentrer. Il ne brûla aucune étape ; toujours commencer par la détente lui avait asséné Cheng dont le nom n'intéressait manifestement plus sa cliente. Puis il leva les yeux sur elle. Sa jupe qu'elle avait probablement remontée de plusieurs centimètres et qui se trouvait retenue par sa jambe, laissait voir un dessous de couleur noir. Il mit de la tendresse dans son regard et elle se laissa aller, abandonnant à ces doigts magiques ses dernières résistances. Il ne ménagea pas sa peine et mit autant de sagacité avec le pied gauche. Lorsqu'il jugea l'avoir suffisamment conditionnée, il s'occupa de ses chevilles puis rapidement de ses mollets. Comme il ne pouvait guère aller plus loin dans la position qu'il occupait, Il reposa ses pieds à terre, se leva et la prit dans ses bras. Il savoura qu'elle lui enlace le cou et se montre consentante. Il la porta sur son lit et l'y déposa comme il l'aurait fait d'un cristal fin.

Il s'assit et reprit ses caresses là où il s'était arrêté. Les cuisses se laissèrent faire et regrettèrent d'être abandonnées au profit du buste plat de la jeune femme. Avait-elle des seins ? Tous ses amis pensaient que non. Il fallait donc vérifier. Il défit un bouton du corsage et glissa une main à qui il donna comme instruction de bien chercher. Oh surprise, elle découvrit deux tous petits ballons qu'elle eut ordre d'explorer. Elle n'eut aucun mérite à dénicher deux tétons orgueilleux et fiers dressés comme pas possible. Un frisson parcouru tout le corps au point qu'il appuya sur la touche « *Enregistrer* » de son cerveau, dossier l'« *hé trique hé* », mention « *tétons sensibles* ». Il laissa sa main à ses jeux jusqu'à ce que ses yeux se plaignent d'être privés du spectacle. Alors, il déboutonna entièrement le corsage dont il écarta les pans découvrant de charmants petits seins surmontés de tétins gentiment prétentieux.

Comme par réflexe, elle se recouvrit rabattant sur elle son chemisier. Il fit comme si de rien n'était s'emparant très calmement du tissu qu'il écarta; il ne fut même pas surpris de la voir relever le buste pour l'aider à la déshabiller. Il lui sourit comme s'il voulait la rassurer et son regard repartit vers sa poitrine avant que sa bouche ne prenne d'autorité le commandement des opérations. Là encore, ses petits bouts furent réactifs et partagèrent leur bonheur avec tout le reste du corps. Tout en la tétant, il prouva à ses deux truites qu'il ne les oubliait pas. Lorsqu'ils s'étaient retrouvés tous les deux à la cuisine, il avait bien pris soin de repérer les attaches de la jupe. Il n'eut donc aucune surprise lorsqu'il la fit se mettre sur le ventre et qu'il s'enquit de la débarrasser de ce tissu devenu soudain bien encombrant. La fermeture éclair, docile, se laissa faire et la jeune femme également qui se retrouva seulement culottée. Comme on s'accorde un bonus, il s'attarda sur ses épaules, ses omoplates donnant toute liberté à ses doigts pour qu'ils lui fassent le plus de bien possible. Il sauta les deux sœurs qui se cachaient encore sous le slip pour s'intéresser maintenant au dos de ses cuisses. Finalement, il lui tripota l'arrière-train comme s'il s'agissait d'une pâte à pain. Arriva le moment qui procurait chez lui une réelle satisfaction : la libération des jumelles. De comprimées, d'emprisonnées, de contraintes par le tissu, elles devenaient libres et s'épanouissaient au grand air en lui adressant un grand sourire en guise de remerciements. À sa façon, il leur répondit : « *de rien !* ». Il retourna encore le corps soumis à son bon plaisir et le délesta de son ultime rempart.

Surtout, ne pas louper la dernière étape. Il mit ses tétons à contributions en les courtisans entre le pouce et l'index, puis en les complimentant de sa bouche. Il confia à ses menottes le soin d'un dernier inventaire avant de tout abandonner.

Les yeux fermés pour mieux profiter des sensations qu'on lui offrait, elle se demanda pour quelle raison il la délaissait ainsi. Quand elle reçut le corps nu qui se couchait maintenant sur elle, elle comprit qu'il venait de se dévêtir. Elle l'enlaça et le serra fortement contre elle alors qu'ils s'embrassaient à bouche que veux-tu. Il la couvrit de baiser sur tout le corps jusqu'à se réfugier dans son intimité. Plus il la buvait plus elle lui donnait à boire. Il salua son capuchon de quelques coups de langue lui promettant de revenir le voir très vite et se rallongea entièrement sur elle en frappant à la porte.

Il s'était promis, juré, « *croix de bois, croix de fer si je mens, je vais en enfer* » qu'il ne la pénétrerait pas de lui-même mais que ce serait elle qui devrait se charger de l'intromission. « *Pas d'entrée par effraction, mon cas deviendrait implaidable* », se disait-il.

De son côté, elle l'attendait et commençait à s'impatienter. Il se souvint que les militaires ne faisaient que peu de sommations et qu'elle ne devait pas être coutumière d'un coup de main libérateur. Néanmoins, il en resta à sa résolution. Exaspérée d'attendre, elle lui tirait les fesses comme si cela allait le faire pénétrer dans son antre fatale. Alors, il feinta le handicap pénien et s'agita vainement avant de sentir des doigts qui n'étaient pas les siens, se glisser entre leurs ventres soudés. Elle le prit en main et ne se contenta pas de seulement le guider ; de peur qu'il ne s'échappe, elle le conduisit sur le seuil puis dans le vestibule avant de le libérer tout en l'assurant qu'elle lui maintenait sa confiance.

Pari tenu ! Foin de l'enfer, c'était bien elle qui l'avait introduit dans son for intérieur, il pouvait maintenant envisager le ciel. Il s'avança jusqu'à l'arrière-cuisine, lui fit quelques manières pendant que sa bouche dansait sur un sein. Dans un râle commun, il la dota sans réserve.

Ils profitèrent d'eux. Longuement. Toujours l'un dans l'autre. Qui pourraient le leur reprocher?

Mais, il lui fallut un second exutoire d'autant qu'il désirait ardemment montrer à l'« *hé trique hé* » qu'il avait de la ressource. Il reprit ses caresses et se sentant à nouveau bien en forme, il poursuivit la visite de sa coucoune là où il l'avait laissée, la fouillant comme s'il était chez lui. Il cherchait, déduisait, supputait, tergiversait, feintait, doutait, interrogeait, furetait, fourrageait et finalement concluait.

Quant à elle, point d'inertie mais une étonnante collaboration. Elle le secondait autant qu'elle le pouvait. Disponible, à l'écoute, serviable, empressée, prévenante puis de plus en plus remuante, avide, agitée, gloutonne, houleuse elle devint tellement complice qu'il ne résista pas à ces implacables arguments et la remplit de bonheur.

Après avoir sommeillé tranquillement, la soif et la faim les sortirent de leur léthargie. Franck se leva pour aller boire et lui apporter un verre d'eau. Le voir se balader nu et sans gêne devant elle lui donna envie de l'imiter. Elle quitta les draps pour le rejoindre et but d'un trait tout en le regardant chercher ses seins avec les yeux.

— Oui, je sais, ils sont plats et on dirait des œufs ! À ce propos que me reste-t-il dans le frigo ?

Elle ouvrit le réfrigérateur et sentit la fraîcheur envelopper sa nudité. Tout son corps en trembla légèrement. C'était délicieux.

— J'ai du saumon fumé, des œufs justement, du fromage et le reste de mousse. Ça ira bel ardent ? De toute façon, maintenant tout est fermé dans le quartier, alors, apéro. Sers-moi un whisky mais ne sois pas aussi radin qu'à midi, je le sentais à peine sous le coca !

Elle s'était rapprochée du buste aimé et d'une main vérifiait qu'il était bien de chair et de sang, qu'elle ne rêvait pas. Elle n'en revenait pas d'être nue comme lui en plein milieu de la kitchenette. Il s'occupa des alcools pendant qu'elle couvrait le divan comme leurs deux chaises d'une serviette de bain. « *Principe de précaution* » se disait-elle. Lorsqu'ils eurent trinqué et bu la délicieuse première gorgée, il posa une main entre ses cuisses à la façon « *repos mérité du guerrier* » ; elle joua avec la mollesse de son ami. Cela ne lui disait rien de parler. Il lui fallait emmagasiner tellement de plaisirs, revivre ces émotions pour n'en rien oublier, profiter de sa présence, de sa breloque. Se regarder aussi. Sans filtre. Se trouver belle et généreuse. L'imaginer quand il court sur sa peau, lorsqu'elle l'emprisonne de ses jambes, que cheveux et poils pubiens se confondent lorsqu'il s'abreuve d'elle. Elle tressaillit en songeant aux massages qu'il lui avait prodigués ; cela la sortit de sa torpeur.

— Si tu veux bien, tu me feras les pieds tout à l'heure. J'ai envie de le revivre, nue devant toi et laisser mon corps réagir sous tes doigts en lui laissant la bride sur le cou.

Elle se pencha vers lui et l'embrassa chaleureusement. Elle rayonnait. Elle s'empressa de mettre le couvert se tortillant à plaisir ; ne plus rien cacher et se savoir belle et désirable ; en finir avec les entraves, avec l'amour dans le noir. Le voir déambuler à ses côtés pour l'aider à finir les préparatifs, seulement nu, le pain et le beurrier dans les mains puis le vin… ; En le croisant, faire mine de l'ignorer, une autre fois simplement le frôler puis, dès le troisième passage, venir frotter foufoune à son spaghetti…

Ils passèrent à table. Là encore, poser sa serviette sur ses cuisses découvertes, sentir ses tétins vouloir, eux aussi se mettre à table et se dresser d'émotions ; ce fut une douce première. Ils refirent *en pensées et en paroles,* leur dernière ballade parisienne en y mettant de l'érotisme. Alors tout prit un double sens : Le Moulin de la Galette, la

Maison Rose, le Sacré-Cœur, les vignes montmartroises, l'allée des brouillards, le Lapin Agile, Pigalle, la Commune Libre, le Passe-muraille, l'Auberge la Bonne Franquette, le square Suzanne Buisson, le passage Lepic et la petite Fontaine des Innocents.

Il prit en charge la préparation du café pendant qu'elle apprêtait les tasses. En fait, elle profita de ce qu'il se concentrait sur sa tâche pour l'observer incognito. Ses fesses racées, son buste imberbe, ses cuisses aussi musclées que ses bras, elle y trouvait de l'harmonie et puis cette clarinette dont la musique l'enchantait et ces deux valseuses toujours prêtes à entrer dans la danse. Un mélange d'Apollon et d'Éros qui lui firent oublier ses préparatifs et l'amenèrent à se coller dans son dos, passer ses bras autour de son cou et le couvrir de baisers.

Comme elle le souhaitait, Franck reprit son pied pour lui appliquer la méthode Cheng. Il s'était arrangé pour ne pas être exactement en face d'elle afin de l'ouvrir un peu. Ainsi, pendant que ses doigts massaient la plante du pied transmettant des messages bienfaisants, ses yeux parcouraient, eux aussi, un corps qui s'abandonnait volontiers.

Elle avait beau l'appeler, le convier, l'inviter, le vouloir, l'exiger, l'implorer, le prier, le supplier, il la gardait bien en mains, heureux de la posséder du bout des doigts. Son regard allait de son visage torturé à ses bouts de seins excités, à son remuant bassin puis se saoulait de sa figue qu'elle ne dissimulait plus du tout.

Lorsqu'il se pencha vers elle pour l'enlever, elle s'accrocha à son cou. Dans le lit, il poursuivit les préliminaires s'aidant de ses doigts, de sa bouche, de ses mains, de son sexe, de chaque millimètre de son corps. La tension et l'attente finirent à faire d'elle une anguille cherchant à lui glisser entre les mains et à s'échapper pour retourner dans le courant de l'onde. Alors, il utilisa son dernier argument et la tenant par les hanches pour qu'elle ne se dérobe pas, il continua son œuvre comme s'il ne se souciait guère de tous ses remuements. Elle chantait, dansait, rendait grâce, demandait grâce. Finalement, il eut pitié et lui asséna le coup de grâce qui la fit mourir de félicités !

Elle s'endormit presque aussitôt. Il demeura figé en elle jusqu'à ce qu'il l'entende respirer calmement et qu'il fut assuré de son sommeil, puis s'offrit, à son tour, à Morphée qui lui tentait les bras.

Ils s'éveillèrent vers midi et demi et elle réalisa que le Carrefour Market du coin allait bientôt fermer.

— Vite, il faut que j'aille faire des courses avant la fermeture.

— Halte là, ma jolie tenancière. Nous allons plutôt jouer aux étudiants fauchés et nous offrir, dans un bar du quartier, un jambon beurre avec un ballon de rouge. Tu verras comme c'est bon. On s'habille et on y va.

— Tu ne fais pas de toilette ?

— Moi, non ; et toi non plus. Nous la ferons après. L'amour n'est pas salissant et ce sera notre parfum de ce matin. Allons, viens, je t'emmène.

Ils entrèrent dans le premier bistrot ouvert et passèrent commande. Il attaqua son sandwich à pleines dents ; elle était manifestement ailleurs. Où ? Son visage marquait l'embrouillement. Que faire ? Que lui dire ? Il lui prit la main. Elle s'épancha.

— Je pense au week-end prochain que je vais passer chez mes parents… Ils vont s'apercevoir que j'ai changé et ils vont se poser mille questions…

— Tu n'es pas chez tes parents, mais dans un café. Ne précipite rien…

— Tout de même, dans ce boui-boui, je casse la croûte avec mon amant !

— Regarde le ciel. Ce toit bleu ne porte aucun nuage. Pourquoi en mettre ? Tu ne vois pas le soleil mais tu sais qu'il recouvre nos têtes. Dis-lui qu'en sortant tu te précipiteras sur la place pour lui offrir ton visage qu'il réchauffera. Ressens tes pieds blottis dans tes chaussures et qui reposent par terre. Goûte ton casse-croûte et pars te balader dans ce champ blond de blés mûrs, visite ce moulin, salue le boulanger : ils ont fait le pain. Regarde ces vaches allaitantes qui paissent avec application pour que leur lait te donne le beurre que tu manges. Admire ce saunier torse nu ramassant le sel qui assaisonne le beurre. Et ces porcs gloutons qui s'appliquent à se faire des jambons de rugbyman ! Apprécie ce vin de pays et ses nombreux défauts. Vois ces grappes bien mûres cueillies un matin de septembre après la fuite d'un brouillard d'automne.

Laisse à tes papilles le temps de vivre chaque bouchée, à ta salive de l'inonder. On ne salive plus que pour des biens manufacturés ! Accompagne cette becquée qui descend le long de ta gorge et boit une gorgée de vin pour embellir la fête.

Demain ne constitue qu'une hypothèse. Notre orgueil nous convainc que seul notre futur mérite nos préoccupations. Grossière erreur. Le présent se meurt, je me demande même s'il n'est pas mort. Tout le monde s'en fou. Ni plus ni moins qu'un SDF. Le passé a droit à d'innombrables commémorations, il se gave d'archives, il exige qu'on le nomme « Histoire ». Le futur nous assaille avec ses prévisions économiques, ses sondages mensongers, ses catastrophes climatiques qui déboulent d'on ne sait où, ces vaines promesses déguisées en progrès techniques qui ne verront jamais le jour. Même les actualités refusent le présent : les faits divers qu'on nous assène appartiennent déjà tous au passé et génèrent en nous différents sentiments qui vont, le plus souvent, de la colère à l'affolement et nous apeurent. Et puis se pointe le futur : « samedi prochain l'équipe de France de football rencontre le Japon. Sa forme d'antan enfin retrouvée doit lui permettre de réaliser une belle performance que nous vivrons en direct sur notre antenne ! »

Ne vis pas là-bas et demain mais *ici et maintenant*.

Elle l'avait écouté avec attention et lui adressa son plus beau sourire. Elle se trouvait à nouveau dans cet estaminet et s'en félicitait. Elle s'appliqua à chaque bouchée, à chaque gorgée et remua ses pieds pour se rappeler qu'ils étaient là. Elle serra la main de son ami ; finalement et plus fort, celle de son amant. Elle veillait à ce que ses pensées ne la transportent nulle part ailleurs. Ni dans sa famille ni dans les bras de son *légitime*.

Lorsqu'ils eurent fini leur en-cas, il la conduisit au soleil qui illumina son visage. Les pigeons, un instant affolés, revinrent trottiner à ses pieds lui faisant une couronne vivante. Elle tendit ses mains vers le ciel en offrande et reconnaissance.

De retour au nid, il lança :

— Et maintenant, à la douche, les p'tits cochons.

— Prems ! Je l'ai dit avant toi, nananère…

Manifestement, il n'en tenait pas compte et se dévêtait prestement. Elle lui fit un streap de Formule 1 croyant le stopper net et se précipita dans la salle de bains où ils arrivèrent en même temps. Une douche à deux ! Encore un inédit.

Elle régla la température de l'eau et ils s'enlacèrent longuement avant qu'il ne lui dise :

— Lave-moi, purifie-moi.

Elle y mit grand soin débutant par le dos, les bras, le buste, les jambes qu'il lui tendit tour à tour, elle n'oublia pas les fesses ni la turlutte et ses deux compagnes. Elle se colla à lui, jeta ses bras à son cou :

— J'ai fini. Tout est nickel !

Il lui rendit l'appareil s'attardant sur ses rondeurs autant que dans tous ses plis et commissures. Il la voulait immaculée. Il lui lava les cheveux sans omettre de lui masser le cuir chevelu. Il commenta :

— Il faut régulièrement se laver la tête.

Ils se rendirent service en s'essuyant mutuellement. Alors qu'elle le frictionnait avec attention, lui se montrait indolent. Il l'entraîna dans le séjour, mit la serviette de bain sur la table sur laquelle il coucha sa belle et continua à la sécher en lapant les gouttes qui perlaient sur son corps. Puis il s'agenouilla face à la fontaine cressonnée pour se relever aussitôt : il ne trouvait pas ses aises et s'arma d'un énorme coussin sur lequel il posa ses rotules. Maintenant il se jugeait à la hauteur!

D'un doigt, Franck effleura l'intérieur d'une cuisse et ce sésame suffit pour que s'ouvrent les portes du temple. De sa bouche, il embrassa les lèvres gorgées de sang. D'abord de tous petits bécots légers comme des plumes, à peine ressentis comme une libellule se posant sur une feuille de nénuphar. Puis ses baisers se manifestèrent plus ouvertement comme si toute timidité avait disparu. Il tenait sa langue bien en laisse malgré ses manifestations d'impatience. Les lymphes de la jeune femme lui souriaient et malgré cet encouragement, il continuait à faire preuve d'humilité et de réserve. Quand il la lâcha, sa langue se précipita à l'entrée de l'oratoire, frappa à petits coups répétés à la porte de La Mecque pourtant bien ouverte. Prétentieuse certes, mais habile à énerver tout ce qu'elle lèche ! Après moult tentatives et comme si elle comprenait enfin que toutes tentatives d'intromission se concluraient par un cuisant échec, la menteuse remonta le fil de l'eau et plongea dans la rigole pour y nager d'innombrables longueurs profitant de ce qu'elle était au-dessus du bassin. Enfin, grimpant encore un peu, elle prit langue avec la tour de garde, le sémaphore. Prudente, elle commença à lui tourner autour ; continua par de brèves incursions, le suçant comme s'il s'agissait d'un berlingot. Elle fut rassurée par un accueil chaleureux et même une invitation à demeurer. Et elle demeura mais sans se départir de sa mission. Elle effleurait, frôlait, minaudait, insistait, attaquait, guerroyait, reculait, abandonnait, revenait, insistait pendant que lui se dilatait de joie. Ce traitement amena la donzelle à déclamer un poème à Éros.

Franck quitta ce lieu magique pour respirer un peu et accorda à ses mains le plaisir de retrouver les cuisses avec ordre de bien leur prouver qu'elles n'étaient pas laissées pour compte. Toujours prosterné entre les cuisses de la belle, il laissa sa poétesse reprendre son souffle puis remonta à l'assaut de son rubis. Maintenant, il connaissait un peu la place et usa des mêmes stratagèmes alors, sa partenaire ne tarda pas à chanter les strophes du poème à Éros qu'elle devait avoir oubliées.

Et, comme on dit : « Jamais deux sans trois » il respecta le dicton à la lettre et lui provoqua une troisième petite mort.

Alors, notre ami se releva, écarta du pied le coussin qui trouva amère cette forme de remerciement, souleva les deux gardiennes à l'oblique et en forme de V – V comme Victoire ? – puis admira le spectacle. Ces mirettes en avaient contemplé des monts de Vénus, à ne plus, mais ne se lassaient jamais de mirer le triangle des Muses. Le fougueux s'impatientant, les yeux se rabattirent sur le buste plat mais nullement dépourvu de charmes. L'impétrant disions-nous entra dans la guinguette après avoir à peine frappé comme le ferait un habitué considéré comme un membre de la famille. Il s'avança majestueusement au son du cor et, pensait-il, au fond du col où il demeura immobile!

Elle se sentait envahie. Doutait qu'il fut le même. Leur position lui donnait de nouvelles sensations. Elle activa ses muscles vaginaux pour s'assurer qu'elle ne rêvait pas. Et oui ! Il l'envahissait et elle se rendit compte que ses fesses à elle et ses joyeuses à lui semblaient s'entendre comme larrons en foire.

Le premier mouvement, un solo de trombone, il l'exécuta pianissimo. Quasi imperceptible, il appelle l'attention, la disponibilité, la vigilance, la curiosité aussi. Puis la musique s'élève et devient pianissimo. La sensibilité pointe le bout de son nez, la disponibilité de tout l'orchestre devient palpable. Certains musiciens se calent pour donner le meilleur. La salle retient son souffle. Ne rien perdre, qu'aucune note n'échappe à l'oreille. Puis très vite, l'instrument joue piano, mezzo piano, mezza voce enfin pocco forte. Il tient à montrer sa force, sa puissance ; Non pas pour être craint mais pour se rassurer sur ses capacités. La flûte, la clarinette, les trompettes entrent en scène précédant les cors. Nul doute que le forte arrive annonçant pour bientôt le fortissimo. Le chef d'orchestre, tendu, dirige de sa baguette le contre-ut, passage obligé mais oh combien risqué ; tant de mouvements s'y sont perdus interrompant la symphonie fantastique ?

Surtout ne pas louper le final ; trop de jeunes exécutants le précipitent alors qu'il faut le laisser venir. Ne jamais oublier le chant du cœur, l'aubade des seins, la danse des gambettes qui l'annoncent. Notre auditrice mérite le sublissime et le réclame à cor et à cri. Alors, il faut tout donner : de la vigueur, de la passion, de la détermination, de la fluidité. Notre maestro pourtant chef d'orchestre se met à lui faire une standing-ovation et explose en elle de joie, jubile au fond d'elle, se répand, se déverse pendant que ses mains applaudissent, congratulent, s'agrippent, s'accrochent et enfin se crispent.

Il demeura chez elle quelque temps avant de se retirer sur la pointe des pieds, de l'enlever dans ses bras pour la coucher et s'étendre à ses côtés. Il la prit dans son giron et la tendresse s'installa confortablement.

Elle dormit si profondément toute comblée de grâces qu'il pouvait disparaître sans être vue. Il s'y refusa pourtant, désireux de la saluer avant de la quitter. Il voulut dégoter de quoi lire ; la petite bibliothèque du salon proposait les mémoires de De Gaulle en cinq volumes ou les Confessions de Saint-Augustin. Entre deux livres, il dénicha un faire-part de mariage et un livret de messe ; Il y trouva cette formule : « Je te prends pour époux et je me donne à toi ». Il la trouva ambiguë. Il retourna s'allonger et sommeilla à côté de sa dulcinée tel un ange gardien.

Au réveil, notre duo s'interrogea sur le dîner. L'amour creuse ! L'amour creuse le ventre. L'amour veut en avoir plein l'estomac. Il ne restait comme solution que le chocolat chaud et des tartines de pain « *comme chez grand-mère, le dimanche soir* ».

Il se rhabilla avec soin et ils se quittèrent bons amis et heureux.

Lorsqu'il l'appela le lundi midi pour prendre de ses nouvelles, elle ne cacha pas son euphorie :

— J'ai dormi plus de 11 heures d'affilée ; il y a bien longtemps que cela ne m'était pas arrivé. Par habitude, j'ai enfilé mon peignoir dont je me suis prestement débarrassé tellement je m'y sentais étriquée ; Une culotte me suffisait ! J'ai préparé mon café et je me suis attablée torse nu. Je sentais encore ton regard sur mes seins et ton oiseau dans ma cage. Un délice ! En mangeant mes tartines, je courais nue dans le champ de blés mûrs sans oublier mes pieds qui s'enfonçaient dans la moquette et que je remuai de satisfaction. Tu vois, j'ai retenu ta leçon. Au marché, j'ai regardé, observé, découvert et maintenant, je vais déjeuner en tenue légère.

— Je t'entends si belle… Jolie fleur, j'embrasse ta corolle…

La félicité dura deux jours pleins. Sa bouille trahissait un nouvel épanouissement. Les passants la trouvaient délurée, juste comme il convenait à la jeunesse : elle sautillait d'allégresse et remerciait le ciel. Malheureusement, dès le mercredi ses fantômes revinrent l'enchaîner. Elle s'enferma dans son peignoir et avala son petit-déjeuner à la va-vite et sans voyage. Elle s'habilla de la plus terne de ses tenues et se coiffa sans l'aide d'une glace. Dehors, ses jambes refusaient d'avancer et elle ne voyait plus personne. Sa bobine refaisait la grimace. Le cafard dans toute sa splendeur.

Elle eut recours à lui, le seul actuellement capable de la consoler et peut-être de la comprendre. Il la sentit tellement désemparée qu'il l'invita à dîner le soir même.

— Ce sera du poison ; nous aurons un salon pour nous seuls nous serons plus tranquilles. Je t'envoie le taxi pour 20h45. Tu ne devrais pas avoir à m'attendre. Allez, maintenant souris-moi, mignonne. À tout à l'heure.

« *Mon espoir est en toi* » se dit-elle en raccrochant. Il ne l'abandonnait pas. Elle reprenait confiance. Elle enleva ses mocassins et ses socquettes pour mieux faire vivre ses pieds. Elle se remit debout, glissa vers la fenêtre et s'envola au-dessus de Paris.

Au restaurant, il lui trouva les traits tirés et le visage tourmenté. Il lui laissa le temps d'ouvrir son sac, de trier quelque peu ses idées.

— Je ne me sens pas la force de retourner si vite revoir ma famille et ne trouve même pas de bonnes excuses pour me défausser. D'autant que mes parents se précipiteraient ici pour s'inquiéter de ma santé et me ramener chez-eux après avoir tout mis sur le compte de ma solitude. Imagine un peu ce qui m'attend.

Imagine :

Déjeuner à midi trente pétante et le soir dîner à vingt heures toutes aussi pétantes. S'habiller « *Cirilius* » parce que je suis trop âgée pour porter du « *Jacadi* » et que le « *Chanel* » demeure inabordable ! Croiser les jambes sans oublier de bien tirer sa jupe pour couvrir les genoux. Sans cesse dire « *Merci* », sourire oui mais discrètement, se tenir bien droite et avoir toujours de la retenue, un peu de quant-à-soi. Subir les mondanités en cachant son ennui. Supporter des palabres redondants, vains, inutiles, parfois hargneux et souvent malveillants. Entendre les dernières médisances. Écouter les mérites des vertueux. Pire encore, devoir approuver ces laïus sans qu'ils vous concernent ou sans que l'on accepte la moindre objection, la plus petite question. L'avis général ne se discute pas, il s'impose. Accepter une partie de dames ou de bridge parce que cela se fait. Ne boire que du porto car le whisky ne sied pas aux femmes. Trop fort pour elles…

Je dormais paisiblement dans ma prison et tu m'as réveillée ; Tu as entre-ouvert la porte. Maintenant, dis-moi comment je peux sortir.

— As-tu lu « Thérèse Desqueyroux » de François Mauriac ?

— Non. Pourquoi ?

— Cela ne m'étonne guère. Certes, cet auteur confessait le catholicisme mais il se voyait catalogué « *de gauche* » et donc, à ce seul titre, infréquentable. Demain matin tu chercheras une salle qui passe encore le film de Claude Miller ou alors, tu iras acheter le DVD et tu le regarderas chez-toi. Nous en parlerons le soir, ici même.

Ne t'inquiète de rien si non de toi, de qui tu es vraiment.

— Comment ça se passe chez toi ? À tes manières j'imagine que nous appartenons au même milieu…

— Comme j'ai eu le plaisir de te le prouver ce week-end, je suis un garçon. Je crois que cela change la donne. Mon père n'avait comme préoccupations que la réussite scolaire puis professionnelle de ses deux mouflets et maintenant il attend que je débarque avec une belle gonzesse pour fleurir la table familiale. Maman voudrait garder son fils chéri pour elle toute seule mais aussi qu'il lui donne des petits-enfants. Je cherche désespérément la solution…

Mes chers parents ne s'évertuent plus à nous convaincre de quoi que ce soit et n'abordent plus certains sujets craignant probablement que, mon frère et moi, nous finissions par abattre quelques-unes de leurs confortables certitudes. D'ailleurs, je les comprends ; nous aussi nous aurons des idées bien arrêtées lorsque nous arriverons à la tombée de notre vie. À part ces caractéristiques, mes vieux demeurent ouverts sur bien des sujets et ne refusent pas les joutes verbales. Toujours accueillants et heureux de nous retrouver ils nous aiment comme nous sommes et, heureusement, ne prétendent absolument pas détenir La Vérité.

Pour le reste, je m'entends très bien avec mon frangin et sa jolie bourgeoise ; leur petit Raphaël est à croquer et je les retrouve tous avec grand plaisir.

Il commençait à se faire tard, ils allaient se quitter et ses démons revenaient insidieusement.

— Que m'as-tu fait, Franck Despagne, pour me transformer ainsi ? Tu m'as ouvert les cuisses, ça, je le sais. Mais pour le reste ?

Ton sandwich et tes histoires de champs de céréales m'ont débridé la cervelle et maintenant que fais-je de cette pseudo-liberté ? Dois-je la cacher ? La bannir ? L'ignorer ? La combattre ?

— Calme-toi, petite biche. Regarde le film sur Thérèse. Je ne me déballonnerai pas. Dors bien, repose-toi et à demain.

Le lendemain soir, il l'interrogea sur le film.

— Mon mari ne se prénomme pas Bernard et je ne cherche pas à empoisonner quiconque comme le fit cette Henriette Canaby qui n'est tout de même pas toute Blanche…

— Que tu es séduisante quand tu te rebelles !

Je ne te parle pas de cela. Seuls les motifs de Thérèse m'intéressent. Elle te ressemble cette jeune mariée, prisonnière des conventions et de sa classe sociale. Tu as raison de ne vouloir intoxiquer personne mais pourquoi accepterais-tu d'être contaminée à vie. L'arsenic ne constitue pas le seul poison et lui, il tue le corps mais l'esprit, ah l'esprit, combien de curares, de venins lui sert-on mielleusement ? Tant de mensonges et de futilités pour le polluer et le rendre impropre à toute consommation. De tout temps l'emprise de l'esprit par les puissants demeure leur priorité absolue. Ils censurent, interdisent, contraignent, trient, affirment, imposent. L'enfance n'y échappe pas ; le carcan éducatif c'est de l'acier trempé, un blindage contre le terrorisme intellectuel qu'ils définissent eux-mêmes avec un esprit engoncé dans des certitudes qu'on leur a inculquées avec détermination. Les bonnes manières ne constituent pas seulement un code de tenue à table mais aussi de ce que l'on peut dire et surtout de ce qu'il faut impérativement taire. Ne jamais refuser d'entrer dans le moule ; laisser le mimétisme opérer comme il convient et de génération en génération, devenir des clones disciplinés.

Malheur à celui par qui le scandale arrive ! Il sera d'abord caché et tancé : « Te rends-tu compte de ce que tu as fait et qui va rejaillir sur nous ? Qu'en penseront les gens ? Qu'allons-nous devenir ? Mais pourquoi donc as-tu fait cela ? Que se passe-t-il dans ta tête ? » et puis débuteront les soins psychiatriques : « Réfléchis bien à ce que je viens de te dire. Crois en mon expérience. Nous savons bien ce qui est bon pour toi. Songe un peu à nous. Que te faut-il de plus ? Pense à ton devoir. »

— Tu as raison, tout cela est tellement vrai ! Mais je fais quoi, moi, demain soir au dîner ? Je leur dis à tous : « J'ai rencontré un beau mec avec qui j'ai visité le Paris méconnu. Il m'a ouvert les cuisses et l'esprit et, ce faisant, m'a fait découvrir que j'étais pour moi-même une inconnue ? Et, tous autant que vous êtes, je vous merde ! Maintenant, je veux vivre, aimer, m'aimer aussi ! »

— Tant que tu te trouves avec moi, continue à être excessive, provocatrice, cela te va si bien…

Non bien sûr. Ils te tueraient à petit feu en t'isolant tout en te gardant sous bonne garde.

D'abord, n'oublie jamais tes pieds. Aie recours à eux dès que ça tangue dans ta tête. Personne ne pourra te reprocher d'avoir les pieds sur terre. Puisque le silence est d'or, minimise tes paroles ; tu passeras pour une jeune femme prudente qui mûrit. Une conversation t'ennuie ? Échappe-toi. Pas dans mes bras, bien sûr… - Je plaisante - . Évade-toi en observant dans les moindres détails un tapis, une commode, un fauteuil, ce que tu veux, mais part dans l'atelier qui l'a conçu : de quelle région, de quelle contrée vient-il ? Quels outils des mains d'hommes utilisaient-elles pour réaliser un tel chef-d'œuvre ? Comment vivaient-ils ? Pauvres ou riches ? Dans ce cadre familial, tu découvriras beaucoup d'objets que tu ne connais pas, dont tu ignores la genèse alors qu'ils te sont familiers depuis ta plus tendre enfance.

Et, si l'on t'interpelle, par exemple : « Et toi, qu'en dis-tu ma chérie ? » ou « A quoi penses-tu ? ». Il te suffira de répondre : « Excusez-moi, je réalise que je n'ai jamais prêté attention à la beauté de tout ce mobilier ; etc. » Ça passera très bien et ils seront même flattés de ton bon goût.

Ménage-toi des moments de recueillement. Lave-toi la tête plusieurs fois par jour, autant de fois que nécessaire. Emporte un livre avec toi, il sera ton compagnon, ton confident. Par exemple, *le Montespan* de Jean Teulé. Il se lit facilement et te fera peut-être rire un peu.

Annonce-leur que tu comptes t'inscrire à la fac en philo ou en littérature en tant qu'auditeur libre. Cela t'ouvrira de nouveaux horizons et expliquera tes changements à défaut de pouvoir les justifier à leurs yeux.

Dans quelques mois, lorsque tu disposeras d'une certaine assurance tu leur confieras que tu vas faire de l'écoute téléphonique anonyme en faveur des femmes ou des jeunes filles violées. Lorsque tu leur diras que plus de la moitié des viols sont infrafamiliaux, ils n'oseront pas te répondre. Ils craindront que tu n'évoques la pédophilie des milieux éducatifs, cléricaux compris.

Ne prends pas ton envol d'un seul coup. Fais-le d'abord par petites touches et reviens vite au nid. Puis tu iras de plus en plus loin. Ne jette rien. Transforme. Les abeilles ne vivent pas du pollen qu'elles butinent mais du miel qu'elles en font. Très vite tu deviendras ce que tu es et ils finiront par l'accepter et tu seras épanouie et heureuse, femme, pleinement femme.

— Autre chose. Ne m'abandonne pas ! Promets-moi de m'accompagner encore un peu sur ce chemin…

— Promis, juré. De toute façon, on se revoit le week-end suivant comme convenu ?

— Évidemment. Qu'est-ce que tu crois ? On se racontera nos histoires de familles et plus si affinité. Je ne doute pas que tu aies encore beaucoup de délicieuses choses à m'enseigner…

Il lui téléphona le mardi suivant pour prendre la température.

Je vais bien. J'ai suivi tes conseils à la lettre. Le Montespan m'a plu et surtout bien aidée à m'évader. L'immense et splendide tapis du salon m'a conduit en Orient. Un beau voyage…

Lorsqu'ils se retrouvèrent chez-elle le vendredi soir, elle l'attendait sagement en petite fille modèle. Elle avait hésité à l'accueillir en sous-vêtements faute d'avoir un déshabillé et puis, finalement, elle préférait qu'il la dévête.

Ils tombèrent dans les bras l'un de l'autre et, de leurs mains, s'assurèrent qu'il s'agissait bien d'elle, bien de lui. Une fois tous les deux convaincus, ils s'offrirent un apéro un peu corsé pour fêter leurs retrouvailles. Tout en discutant, elle retira ses chaussures et ses fines chaussettes en le fixant hardiment.

— Tu vois, je n'ai pas oublié la leçon ! Les pieds sur terre avant que tu ne me fasses grimper aux rideaux.

— Raconte-moi plutôt ton week-end…

— Excellent. Ma présence semblait leur suffire… Une fois, Maman m'a demandé si je m'ennuyais ou si j'étais fatiguée espérant probablement que je lui annoncerai une « bonne nouvelle » ! Mon frère aîné a jugé que *Le Montespan* convenait peu à une jeune mariée et aurait préféré que je lise la vie de Jeanne-d'Arc. Mon père s'est félicité de constater que je m'intéressais à l'histoire du mobilier familial. À part cela, je me suis promenée le long de l'Epte débordante et ai essuyé un échec en interrogeant notre vieille cuisinière sur les secrets de famille tout en l'aidant à éplucher des légumes.

Tous les soirs, je me suis couchée tôt et nue dans les draps rêches qui viennent de mon arrière-grand-mère. Je pensais à toi. Je pensais à toi en moi. Je pensais à toi en moi dans un champ de blés mûrs et je m'endormais paisiblement.

Elle se leva pour servir l'entrée. Vêtue d'un chandail à col roulé en coton noir et d'une jupe longue bleue en coton rayée, elle ressemblait un peu à une jeune indienne. Il lui en fit compliment.

— Je dois cette jupe à ma marraine. Elle et son mari voyagent énormément et elle n'oublie jamais de me rapporter un souvenir. Cela me fait toujours très plaisir d'autant qu'elle a bon goût.

Et toi ? Ton week-end ?

— Depuis plusieurs années, je participe avec mon frère au Cross « Sud-ouest – Gujan-Mestras » ; comme actuellement il a un pied dans le plâtre, c'est seulement avec ma belle-sœur que j'ai participé à la course des 7 ports qui fait 10 kilomètres.

— Résultat ?

— 69° sur 306 participants en 42' 16".

— Tu plaisantes !

— Et bien non. J'avoue que j'étais bien content de mon coup.

Quand ma belle-sœur classée dans les choux a appris ça, elle s'est collée à moi en me disant : « Décidément tu es un vrai coureur… ».

Elle sentait tellement la femelle en sueur que mon short n'a pas pu dissimuler l'envie subite de popol ; s'en apercevant, elle n'a pas résisté à me provoquer verbalement. Je ne savais plus où me mettre. Je lui ai confié le volant et demandé de me laisser à 500 mètres de la maison. Pour me calmer, je suis rentré à pied en pensant à une vieille juge acariâtre. À part cela, rien de très intéressant à signaler. Week-end ordinaire.

Souvent pendant la semaine, l'*hé trique hé* qu'elle n'était plus avait craint qu'ils ne se brûlent d'amour alors qu'elle gardait un si bon souvenir des premières heures qu'ils avaient partagées. Ses appréhensions se révélèrent bien inutiles, il n'avait pas du tout envie qu'ils s'irritent mutuellement en passant ensemble 70 heures moins une !

— Tu t'intéresses au Paris méconnu, moi, je te propose un reportage sur le Paris érotique…

— Tu veux m'entraîner place de la Concorde admirer l'Obélisque ?

—Mais non. S'il est grand et bien raide, avoue que ses angles représentent un sérieux handicap. Je pense, par exemple, aux stations de métro.

On dirait que mon **Colonel Fabien** investie ta **Bastille** ou que mon **Bon Sergent** attaque ta **Maison Blanche** ; Ta **Grande Arche** pourrait accueillir mon **Père Lachaise** ; Mon **Riquet** taquinerait ton **Étoile**. Le **Pasteur** prêcherait dans **La Chapelle** avant de se rendre au **Temple**.

— Je vois. À mon tour de chercher.

Ton **Philippe Auguste** dirigerait l'**Hôtel de Ville** ?

— Parfait. Encore un ou deux autres.

— Ta Pointe du Lac s'enfoncerait dans Le Marais ; Ton Pantin s'installerait Place des Fêtes.

— Bravo. Il y a aussi les bloquées du scoubidou ou de la cressonnière : La Muette, Glacière, Les Filles du Calvaire, Charronne, La Défense et Les Invalides…

— Tu oublies La Motte Piquet, ce qui est ennuyeux ! À moi :

Mon berlingot, ce Monceau sous ta langue devient Montrouge que tu Couronne et provoque mon Château-d'Eau !

— Si tu te retournes, te mets à l'Anvers, voilà Lenoir et je te dis Cambronne.

— Oh ! Voilà qui est bien trouvé. Que reste-t-il ? J'y suis :

Ton Riquet lorsqu'il se nomme Duroc et qu'il Vavin entre mes Buttes-Chaumont, au milieu de La Fourche, avec Gaité et Plaisance, pour finir dans ma Cité, quelle Bonne-Nouvelle, c'est Denfert et vive la Liberté.

— Évites-tu La Pompe ? Mon Chevaleret est pourtant Volontaires ?

Au cours de ce voyage dans les entrailles parisiennes, nous irons respirer l'air des jardins et mater de merveilleuses sculptures de nus.

Au Palais de Justice tu verras une Vérité à l'air peu épanoui et l'Équité qui ne sourit guère.

Au Petit Palais, nous verrons la Seine et ses rives qui manifestement s'emmerdent et l'Histoire qui fait belle figure.

Aux Tuileries, nous saluerons Jean et Jeannette de Paul Belmondo ; tu verras que l'Automne est aussi plate que toi tout comme la Carolina du square Gabriel Pierné dont les jeunes fesses appellent la caresse ; Hercule émasculé et Cincinnatus mal pourvu ; Les nymphes. À l'Hôtel de Ville nous saluerons la Science et l'Art qui ne prennent pas une ride.

La Vénus génitrice du Jardin des Plantes et La Louve généreuse du square Pain Levé te donneront peut-être des idées de maternité et au Jardin du Luxembourg, tu découvriras Joies de Famille avec le premier né du couple. Là, je ne me lasserai pas de la sexy Velleda comme toi du beau Il Dispetto ; Les seins des joyeuses Cariatides du Théâtre de la Renaissance te rendront jalouse contrairement à ceux de l'Île de France du square Georges Caïn qui sont certainement en botox tellement elle semble fière.

Le jeune et beau Botteleur du square Maurice Gardet te rappellera notre champ de blés mûrs.

— Un soir, tu m'emmèneras à Pigalle faire du lèche-vitrines et tu me serreras dans tes bras car je tremblerai certainement un peu.

— Un après-midi tu te déguiseras en étudiante coincée, je t'offrirai un sucre d'orge que tu suceras telle une gamine lorsque nous entrerons dans un hôtel louer une chambre pour une heure.

Ce week-end-là, ils firent la chaise longue, l'offrande secrète, l'arc-en-ciel, la belle endormie, la mystérieuse entrevue, le collier de Vénus, la berceuse et l'incontournable levrette.

Une alléchante proposition

Trois semaines après « l'ascenseur », un lundi précisément, Franck fit une étape au rez-de-chaussée pour récupérer son courrier de la semaine. Il effectuait un relevé hebdomadaire, bien suffisant estimait-il, pour ne trouver, trop souvent, que des factures. Il reprit son ascension mécanisée. Elle était là. Il ne savait pas très bien d'où elle sortait ! Ils se saluèrent d'une discrète inclinaison de tête.

Ce n'est qu'au vingt-cinquième étage qu'elle lui demanda :

— Pourriez-vous me rendre un service, s'il vous plaît ?

— Volontiers, si c'est dans mes cordes.

Arrivée à son étage, elle lui dit, encore mystérieuse sur l'aide dont elle avait besoin :

— Voulez-vous bien me suivre ?

Elle ouvrit son appartement dans lequel elle le devança et se sépara de son imperméable bleu qu'elle posa sur le dossier d'un fauteuil. Elle ôta ses escarpins et s'avança dans cette pièce qui devait être son salon puis s'immobilisa en son milieu, lui tournant le dos.

— Auriez-vous l'amabilité de me déculotter ? Vous le faites admirablement. Je m'en souviens encore avec émotion.

Il s'attendait à tout sauf à cela. Une lubie pensa-t-il. Après tout pourquoi pas. Il l'observa un long moment sans bouger, réfléchissant à la meilleure façon de l'*aider*. Puis, tranquillement, il s'avança à la toucher, toujours derrière elle et marqua une pause. Il était certain qu'elle le sentait dans son dos, si proche. Il finit par se décider : il s'accroupit et, partant des chevilles, il remonta ses mains le long des jambes puis des cuisses qu'il ne fit que frôler. Il franchit ses deux abondances sans y prêter attention autrement que de les libérer du fin tissu qui les recouvrait et redescendit de la même manière qu'il était monté. Lorsqu'il fut arrivé aux chevilles, elle souleva son pied droit et lui, il la libéra en caressant son panard à l'aide du vêtement. Il sentit alors qu'elle frissonna un peu avant de soulever le pied gauche pour qu'il pût réitérer l'opération et la débarrasser complètement. En se redressant, il ne put s'empêcher de renifler son butin.

— Merci beaucoup. Vous me rendez un immense et bien plaisant service. Bonsoir *Monsieur.*

— Je vous en prie. Bonsoir *Madame.*

Elle ne s'était toujours pas retournée. Lui, il sortit.

Ce manège dura quatre mois, *Monsieur* rendant de plus en plus souvent service à *Madame.* À chaque fois, le dessous de celle-ci changeait de forme, de texture, de couleur, de modèle. Il arriva même qu'elle en portât simultanément deux et même trois qu'il ôtait l'un après l'autre ce dont elle lui était manifestement reconnaissante.

Un jour, il sentit qu'elle se pâmait. Il eut juste le temps de la recueillir dans ses bras et de l'allonger sur un canapé. Il l'avait recouverte d'un plaid avant de sortir comme il le faisait habituellement après avoir effectué son *service.*

Ces rencontres impromptues apportaient à *Monsieur* un piquant lors de ses retours au bercail. Il ne savait jamais si elle serait là pour quémander de l'aide. Il ignorait le moment de la rencontre qui avait lieu le plus souvent au niveau du rez-de-chaussée mais pas toujours. Il arriva qu'elle fût au garage, un autre jour au cinquième étage. Il ne savait pas si elle l'espionnait ou si elle jouait avec le hasard pour pimenter encore un peu plus leurs retrouvailles.

Non seulement il s'en amusait mais il prenait désormais un soin tout particulier à effeuiller ses conquêtes. Il remarqua qu'elles y étaient toutes très sensibles.

Vint un jour où, sa mission humanitaire accomplie, il resta placidement sur place. Il attendit ainsi deux ou trois minutes avant qu'elle aille s'asseoir sur le canapé. Lui se mit à la recherche de la réserve d'alcool de laquelle il préleva une bouteille de vodka Pyla. Il trouva des verres juste au-dessus des bouteilles. Enfin, dans la cuisine, il n'eut aucun mal à dénicher des glaçons.

Madame le remercia pour le verre qu'il lui tendait. Ils trinquèrent avant de boire une première gorgée et il s'assit en face d'elle pour déguster le breuvage.

Vous êtes un véritable gentleman. Je vous sais gré de votre intromission de ce soir ; je l'espérais.

Elle remonta sa jupe jusqu'au niveau de son ventre tout en s'installant plus confortablement et passa un doigt entre ses lèvres ; c'est en le regardant sans vraiment le voir qu'elle se donna du plaisir. Elle avait de très jolies jambes et un triangle pileux attractif. Sur la figue offerte à ses yeux, il observa les variations de couleurs provoquées par la montée du plaisir. Il eut largement le temps de finir son verre tout en la considérant avec attention. Lorsque tout fut consommé, il se leva, la salua d'un signe de tête. Ils échangèrent leur bonsoir comme d'habitude et *Monsieur* quitta *Madame.*

Deux jours plus tard, il trouva, à peine glissé sous sa porte, un bristol ainsi libellé : « *Demain 18h. Nous parlerons* ». *Signé « Madame* ». Nous étions un vendredi.

Allait-il se rendre à ce qu'il considérait comme une convocation ? « *Voudrait-elle me mettre en garde à vue ?* » se demandait-il se rappelant la dernière séance au cours de laquelle elle s'était impudiquement dévoilée à ses yeux admiratifs. Puisque habituellement, c'était plutôt lui qui dirigeait les opérations avec ses conquêtes, il s'avoua que cette convocation à comparaître n'était pas pour lui déplaire. D'une certaine façon, lui aussi jubilait de ces moments partagés avec *Madame*. Il réorganisa sa journée pour être libre à l'heure dite.

Il avait décidé de ne point sonner. C'était à elle d'ouvrir sa porte. Ce qu'elle fit à l'heure précise tandis que les cloches de Saint Sylvestre appelaient à l'office.

Des amuse-gueules étaient artistiquement posés sur un énorme plateau. Elle lui demanda de servir les alcools. Elle choisit de prendre du Porto ; lui, il revint à la vodka qu'il avait trouvée délicieuse. Ils burent en silence tout en se regardant mutuellement chacun plongé dans ses propres pensées, ses propres fantasmes probablement.

— Aujourd'hui, vous n'aurez rien à enlever puisque je n'en ai pas mis. C'est pour moi une nouvelle sensation ; fort agréable au demeurant.

Elle se leva pour lui présenter le plateau afin qu'il se serve. Debout à côté de lui, elle prit le temps d'avaler deux toasts dont un au saumon fumé acheté le matin même chez Fauchon. Il imaginait les trésors dissimulés sous la soie de la robe qu'elle portait. Elle se rassit.

— Vous aurez l'amabilité de vous servir autant qu'il vous plaira. Je vous ai présenté le plateau une fois pour vous prouver l'excellence de mon éducation mais nous avons à parler.

— Je suis tout ouïe et particulièrement attentif.

— Voilà ce dont il s'agit. Je serai particulièrement satisfaite si vous acceptiez de collaborer avec moi à l'étude de la cyprine. Rappelez-vous vos propres paroles après en avoir dégusté si peu lors de notre première rencontre. Je m'en souviens très bien et me les récite tous les jours avec délectation : « *Non seulement je confirme qu'il n'y a point tromperie mais il me semble que madame est prête à vous recevoir ; vous ou peut-être un autre, je ne saurai être trop affirmatif sur ce point.* »

Pour votre gouverne, sachez que ce soir-là, je l'ai renvoyé dès que nous fûmes dans mon appartement par ces simples mots : « *Merci beaucoup, cher ami, de me m'avoir raccompagnée à mon appartement. À bientôt.* » Ce n'est qu'avec vous que j'aurai accepté de consommer ce soir-là ; et encore, à l'extrême rigueur. Non pas par appréhension vis-à-vis de vos capacités à me faire jouir mais uniquement pour profiter le plus longtemps possible des délicieuses sensations que vous m'aviez procurées dans l'ascenseur.

Mais revenons-en à notre sécrétion féminine. Vous avez su en déduire une partie de mes sentiments et de mes intentions par une simple et inorganisée dégustation. Je verrais un grand avantage à pousser plus avant nos investigations.

— Vous savez très bien que ma réponse n'avait d'autres buts que celui de vous plaire et qu'il n'y avait de ma part aucune conclusion tirée du suc que je venais de goûter !

— C'est ce que vous pensez actuellement mais rien ne prouve

que vous n'avez nullement été influencé par le ressenti de vos papilles. Le corps et l'esprit interagissent en permanence comme un couple. Il est des moments où la plus parfaite harmonie règne en en son sein et d'autres où ils se disputent, se chamaillent et même, il arrive, qu'ils se déchirent, qu'ils meurent.

— Ce n'est pas faux. J'agrée votre projet. Il nous permettra de confirmer ou d'infirmer votre intuition.

— Nous commencerons dans le courant de la semaine prochaine. Aujourd'hui, contentons-nous de notre accord parfait.

C'est ainsi que débutèrent leurs recherches. Il trouvait un bristol sous sa porte les jours où elle l'attendait. Il descendait les cinq étages les séparant après s'être posé quelques minutes dans son appartement. Il lui suffisait de pousser la porte pour entrer. Elle l'attendait dans diverses tenues dans l'une des pièces de l'appartement, le salon le plus souvent mais ce pouvait aussi très bien être la cuisine alors elle ne portait qu'un tablier ou bien encore la chambre et là, il la trouvait à moitié nue.

Par respect des convenances, ils se saluaient toujours d'un signe de tête avant que lui ne reprenne ses études. Lorsqu'il avançait son doigt vers elle, elle marquait son assentiment en levant légèrement le bassin vers lui. Pendant longtemps, il effectua ses premiers prélèvements uniquement en surface. Sa délicatesse était telle qu'elle ne le sentait qu'à peine. Au début, elle le laissa étudier seul. Il notait ses conclusions sur une fiche qu'elle avait pris soin de préparer et sur laquelle figuraient la date et l'heure.

Un jour, il lui trouvait une odeur d'abricot et un goût d'ananas ; un autre jour c'était un zeste de fruits confis ou un arrière-goût d'amande. S'il hésitait entre la fraise et la framboise il reprenait un peu de sucs. En d'autres circonstances ou en d'autres lieux, elle sentait la violette ou l'églantine, le miel aussi, quelquefois, mais du miel « mille fleurs » précisait-il. Il arriva qu'il la trouvât fumée. Elle l'entendit une fois assurer qu'elle avait la saveur de la laitue. Il fit plusieurs fois la grimace lorsqu'elle se faisait pierre à fusil. Parmi toutes ces délicieuses variations, sa préférence allait indubitablement à celle qu'il retrouvait fort fréquemment tant par l'arôme que par le goût : « *Fruits de la passion* ».

Il notait également ce qu'il débusquait de son état mental et physique : une fatigue passagère, une soudaine euphorie, un tracas, la joie d'une rencontre, le bonheur d'un spectacle, un rêve de voyage ou encore une envie d'asperges. Lorsqu'il lui trouva un goût *franc*, elle l'interrogea :

— Mais qu'est-ce donc pour vous un goût franc ?

— Tout simplement un goût qui ne se dissimule pas sous une cagoule ni sous un voile.

Ils varièrent leurs horaires et c'est ainsi qu'elle pouvait lui fixer rendez-vous un samedi matin à neuf heures ou un dimanche après-midi à quinze heures. Il prit rapidement l'habitude de transcrire sur les fiches, le temps qu'il faisait dehors : faisait-il jour ou déjà nuit, le soleil embellissait-il la ville ou était-ce le brouillard qui la dissimulait tant.

Un jour, elle décida de s'associer à ses recherches ; alors, ils purent comparer leurs impressions. Cela donna lieu à quelques échanges plutôt cocasses. Puis vint le moment où il leur fallut approfondir les choses.

— Il vous faut maintenant, cher ami, avancer en profondeur. C'est avec sagesse que vous en êtes resté au superficiel jusqu'à ce jour. Nous avons une formidable ébauche dont voici une synthèse mais il devient nécessaire voire impérieux que vos prélèvements deviennent plus conséquents. La franchise comme la qualité de nos travaux en dépendent. Alors, à partir de ce jour, il traversait le sillon de ses lèvres dans son entier sans pour autant s'aventurer ailleurs.

Or, il advint qu'un jeudi soir, *Monsieur* fut complètement décontenancé. Il ne retrouvait plus aucun des arômes habituels et encore moins les saveurs auxquelles il était devenu familier. Il se resservit grandement et buta longuement sur son sujet avant de s'adresser ainsi à *Madame* :

— Je sens, ce soir, une volonté délibérée de surprendre, je dirai même de me tester. Il reste un fond de violence, comme une forme de vengeance. Le résultat donne une substance des plus âpres.

Il goûta une fois encore.

— Madame, votre cyprine n'est pas pure. Elle contient de la

semence masculine, autrement dit du sperme. Attendez, ne dites rien. Votre partenaire était plutôt jeune, probablement désorienté comme pris en faute… Je me trompe ?

— Bravo, cher ami ! Vous venez de franchir une barrière qui nous prouve la justesse de nos précédentes analyses. Effectivement, tout ce que vous avez découvert est exact. Je vous dois la vérité. Un besoin sanitaire couvait en moi depuis le début de nos travaux et se faisait de plus en plus pressant. J'ai estimé que vous valiez mieux qu'une simple satisfaction de pure hygiène alors j'ai opté pour l'un de mes étudiants qui passe son cours à me dessiner dans toutes les positions et toutes les tenues. Pris en faute pendant le cours, je l'ai retenu et obligé à me montrer ses œuvres. Je dois à la vérité qu'il a un bon coup de crayon. Je l'ai traîné jusqu'au laboratoire et me suis offerte. Ce fut bref, très bref, trop bref même pour être honnête. Je lui ai alors fait observer qu'il n'était pas bon y compris dans cet exercice. Je l'ai traité de nul et, croyez-moi, il est reparti la queue basse.

Et pour vous, Monsieur, qu'en est-il ? Laissez-moi croire ou au minimum espérer que depuis que nous nous connaissons et que je donne à vos yeux comme à vos doigts d'accéder à mon intimité, vous n'êtes pas resté de marbre.

— Madame, dans la mesure où nos conventions ne me l'ont par interdit, je poursuis ma vie affective quasiment comme auparavant bien que nos travaux soient de plus en plus chronophages ! Certaines de mes jeunes consœurs sollicitent régulièrement mes capacités et il se trouve, dans ma clientèle, de jeunes personnes quémandant, à espaces plus ou moins réguliers, des remises en liquide. Vous connaissez maintenant mon dévouement. Il est rare que les unes ou les autres essuient un refus de ma part. D'ailleurs, je vous dois, de leur part, des remerciements car je prends désormais un soin tout particulier à les dénuder, ce qu'elles semblent apprécier au plus haut point.

— Tout ceci est parfait. Je vois, *Monsieur*, que vous avez à cœur de vous entretenir et de garder la main. C'est un signe de bonne santé dont je me félicite. Ce soir, je vous offre l'apéritif. Servez-moi quelque chose de fort et choisissez ce qu'il vous plaira, je viens d'être réapprovisionnée.

— C'est le cas de le dire…

— Ne plaisantez pas comme un garçon de café ! J'ai une suggestion à vous faire.

— Je vous écoute.

— Voilà, nous avançons de manière tout à fait rigoureuse en prenant le temps nécessaire comme vous venez de me le faire observer. Il me semble pourtant que nous sommes arrivés à la croisée des chemins. Les sucs sur lesquels nous nous basons jusqu'à ce jour sont inévitablement oxydés. Notre étude ne sera pas complète avant d'avoir franchi la barrière de la pénétration qu'elle soit digitale ou pénienne. C'est une première voie. Je m'y suis préparée et je ne doute pas qu'elle nous apportera moult surprises et satisfactions qui feront progresser nos recherches.

D'un autre côté, nous nous sommes, jusqu'ici, limités à mes seules sécrétions. Vous admettrez avec moi que c'est là une carence à laquelle nous devons mettre fin. Je suggère donc que nous élargissions notre cercle. Inévitablement, notre étude sera longue mais il nous faudra savoir ce qu'il en est pour les grosses, les obèses, les nerveuses, les lymphatiques, les maigrichonnes, les caractérielles ; par temps froid, chaud, humide, selon l'humeur ; les blanches, les noirs, les métisses ; après le sport ; une femme politique avant et après un meeting électoral ; une hôtesse, une infirmière, une caissière, une gendarmette, etc. Vous n'aurez guère le temps de chaumer !

Qu'en dites-vous et par laquelle de ces options commençons-nous ?

— Je vous avoue que votre perspicacité à parfaire nos connaissances me réjouit. En ce qui concerne la première voie que vous proposez, la vôtre en l'occurrence, cela me semble prématuré. Nos résultats sont encore un peu trop fouillis pour que j'aille farfouiller plus avant dans votre coucoune. Par contre, l'idée de vous adjoindre une source de comparaisons me semble pertinente et susceptible d'améliorer nos premières conclusions avant de pousser nos recherches plus à fond ou de multiplier les confrontations entre une multitude de caïmites.

— Je constate avec plaisir que nous sommes sur la même longueur d'onde. Maintenant, il faut choisir entre deux opportunités de mes amies. L'une à 12 ans de plus que moi et l'autre 14 de moins. Personnellement, j'opterai pour cette dernière plus en âge de nous approvisionner convenablement.

— J'acquiesce sans réserve.

— Parfait. Ne soyez donc pas étonné si, lors de notre prochaine séance de travail, vous me trouvez accompagnée. Bonsoir, *Monsieur.*

— Bonsoir *Madame.*

Madame invita *Mademoiselle* à dîner comme elle le faisait régulièrement. Ce soir-là, elle avait volontairement oublié de ranger les notes des deux dernières sessions et s'arrangea pour laisser sa jeune amie plusieurs fois seule et pendant de longues minutes. Elle la savait curieuse de nature. À la première absence, *mademoiselle* remarqua comme un livre d'or qu'elle ne connaissait pas. Une compilation de fiches manuscrites. L'une d'elles semblait servir de marque-page. Intriguée, elle profita d'un second moment de solitude pour l'ouvrir. Après tout, un livre d'or n'a rien de secret et elle s'étonnait de n'avoir jamais été invitée à y écrire un compliment. Lorsqu'elle lut sur la fiche : « *Foutre et sperme mélangé* » elle marqua de l'étonnement et même de l'incompréhension. Madame, qui la guettait, intervint :

— Toujours aussi curieuse !

— Je connais ta liberté de ton mais je suis interloquée par ce que je viens de lire…

— Tiens. Voici un verre de ton Muscat préféré.

— Tu ne veux pas me répondre ?

— Ne sois pas impatiente. Je n'ai rien à te cacher. Avec un ami, je réalise l'exploration de la plus intime des sécrétions féminines.

Elle prit le cahier et le feuilleta devant elle.

Il faut commencer par le début. Quelles odeurs ? Quelles saveurs ? Le temps joue-t-il un rôle et qu'en est-il de l'heure ? Il y a mille questions auxquelles nous cherchons des réponses. Nous avançons à grandes enjambées et cela me captive. Voilà, tu sais tout ou presque. Maintenant parlons de toi.

Cette histoire tarauda *Mademoiselle* plus d'une semaine avant qu'elle n'ose appeler *Madame* pour lui demander la faveur d'assister à l'une des séances. Celle-ci lui sourit au téléphone et donna son accord à l'unique condition qu'elle ne dise pas un mot ni ne bouge afin de ne pas déranger *Monsieur* dans ses travaux. Elles prirent rendez-vous pour le samedi suivant. *Mademoiselle* viendrait déjeuner et ensemble elles recevraient *Monsieur* à quinze heures.

Le jour dit, *Mademoiselle* voulu connaître d'avance la façon dont ils allaient procéder.

— Sois patiente. Tu verras bien. Et surtout respecte scrupuleusement tes engagements.

Elles finirent leur repas et rangèrent ensemble la cuisine avant d'attendre l'arrivée de *Monsieur* en lisant les derniers magazines de mode. Quand l'heure fut venue, *Mademoiselle* alla s'installer dans le fauteuil qui lui avait été attribué.

D'ici, tu pourras tout observer à loisir. Surtout, pas un mot. Intima *Madame.*

Madame alla entrouvrir la porte et s'installa comme elle en avait l'habitude. Lorsqu'il arriva, toujours aussi ponctuel, *Monsieur* salua ces dames. Il s'avança lentement vers *Madame* qui remontait sa jupe pour lui donner accès à son lieu de travail. Il passa deux doigts dans la fente offerte et entreprit sa réflexion, à haute voix, selon la coutume. *Madame* fit de même un peu plus tard et ils entamèrent une savante discussion comparative.

Mademoiselle était subjuguée par le tableau de son amie à demi dénudée et par cet homme encore jeune, au demeurant fort beau, qui lui sillonnait l'intimité et y revenait sans vergogne pour pouvoir préciser son point de vue. Elle se surprit à serrer les cuisses à plusieurs reprises. Tout cela l'excitait prodigieusement et elle ressentait l'irrépressible envie d'être doigtée comme l'était son amie. À les écouter sagement, elle se demandait ce qu'il en était de sa propre cyprine qu'elle sentait maintenant humidifier sa culotte. Elle se promit d'y goutter dès qu'elle serait allongée dans son lit.

Lorsque *Monsieur* les eut quittées, *Mademoiselle* remercia son amie de l'avoir accueilli et fait partager ce délicieux moment.

— Tu es bien belle, ma chérie. Lui dit-elle en l'embrassant sur le palier de l'appartement.

La morosité de sa vie affective, la déception de ses premières expériences sexuelles et surtout son ressenti lorsqu'elle les avait vus et écoutés œuvrer, l'incitèrent à proposer ses services à *Madame*. Celle-ci fit d'abord mine de s'y opposer prétextant qu'elle n'avait accepté son immixtion que par amitié mais que la mission qu'ils s'étaient donnée exigeait de la disponibilité à bien des égards. Tout à fait volontairement, elle laissa mijoter *Mademoiselle* pendant plusieurs semaines avant de l'inviter à se joindre à eux. Elle lui donna des conseils pour sa toilette. Enfin, elle informa *Monsieur* qu'il aurait désormais double besogne.

Lorsqu'il les rejoignit dans l'appartement et qu'ils se furent salués, *Madame* dit à *Monsieur* :

— *Mademoiselle* est culottée. Voudriez-vous lui accorder le plaisir que vous me donniez lors de nos premières rencontres?

— Vous savez bien que je suis votre obligé ! Répondit-il galamment.

Madame prit alos la main de *Mademoiselle* qui se leva. Elles se mirent au centre de la pièce puis, abandonnant sa protégée, *Madame* retourna s'asseoir. Alors, lui se plaça sur le côté de la jeune femme et des deux mains souleva un pan de la robe fleurie qu'elle portait découvrant ainsi une partie de sa hanche. Il coinça la frange du slip entre ses pouces et index puis, une main glissa en direction de l'autre hanche ; arrivé à destination, il recula ses mains de quelques centimètres avant d'abaisser le sous-vêtement lui libérant ainsi les fesses. Madame observait avec attention appréciant l'imagination de l'opérateur. Les mains partirent vers l'avant du corps et achevèrent leur mission. Mademoiselle souleva délicatement les pieds qu'elle avait nus, pour se libérer de son slip que *Monsieur* prit dans ses mains. Il se plaça face à elle et, la fixant de ses yeux bleus, il porta le tissu à son visage. Puis, il lui prit la main et la conduisit vers la bergère que *Madame* venait d'acquérir. Là, il souleva le derrière de son tutu et la fit asseoir sur les fesses nues puis s'allonger. Il remonta le devant de la jupe pour la découvrir, prit sa jambe droite dans les mains et l'amena à poser un pied à terre lui écartant ainsi les cuisses. Il posa longuement son regard sur son mont de Vénus puis se mira dans ses yeux verts ; il fit plusieurs fois cet aller-retour avant de déclarer :

— Je crois, *Madame*, que maintenant *Mademoiselle* est prête et que nous pouvons débuter la séance.

— Parfait mon ami. Faites.

Il effleura *Mademoiselle* d'un seul doigt et chercha à découvrir les arômes et saveurs de son jus ; il y revint avec gourmandise avant de communiquer ses premières impressions :

— Il y a assurément là de la jeunesse, de la fougue, de l'envie et beaucoup de générosité. Je ressens un goût de noisette mais aussi de violette. Voyons maintenant ce qu'il en est de vous.

Il n'usa pas de la même délicatesse et préleva sur son hôtesse une belle dose.

— Quelle appétence dites-moi. Ce goût citronné ne vous est pas habituel. Voilà bien un critère que nous avons trop négligé jusqu'à présent : l'environnement. Manifestement, la présence de *Mademoiselle* ne vous laisse pas indifférente !

Il nota ses conclusions et les salua avant de s'éclipser.

Pour cette première, ni *Madame* ni *Mademoiselle* ne voulurent se goûter elles-mêmes ou l'une à l'autre. La jeune femme donna ses impressions à son amie considérant les doigts de *Monsieur* comme de véritables magiciens.

Mademoiselle ne se lassait pas d'être déculottée et *Monsieur* ne doutait pas que le plaisir qu'il lui donnait ainsi favorisait grandement sa générosité vaginale. Il invita la jeune fille à se présenter dans différentes postures et *Madame* ne voulut pas être en reste.

Ils décidèrent d'une séance en pleine nuit. *Monsieur* emprunta une clé de l'appartement et vint les réveiller à quatre heures du matin. Il les trouva couchées dans le même lit et les découvrit toutes deux sans les réveiller. Passant d'un côté à l'autre de leur couche, il fit ses premières investigations avant de mieux s'immiscer en elles ce qui les réveilla toutes deux. Alanguies, elles le laissaient faire. Ayant fini, il les recouvra chastement, transcrit ses impressions et s'en retourna chez lui retrouver les bras de Morphée.

Week-end familial

Ce vendredi soir, Franck Despagne quitta son bureau de bonne heure et se précipita à la gare Montparnasse pour se rendre à Bordeaux où il prendrait sa correspondance pour Arcachon. Il rendait régulièrement visite à ses parents qu'il affectionnait profondément. Dans la journée, il avait songé à son père naviguant sur le bassin pour pêcher les quelques bars qu'ils dégusteraient le samedi midi accompagnés d'un beurre blanc dont sa mère s'était fait une spécialité. Dans le train, il repensait à *Madame* et surtout à *Mademoiselle*. Songer a la douceur de sa figue, au velours de son petit abricot le mit en forme. Ses récentes aventures avaient été plaisantes. Son cabinet se développait encore mieux qu'il ne l'espérait. C'est un jeune homme en pleine forme qui rentrait *« chez papa et maman »* !

À son arrivée dans la demeure familiale, il retrouva son frère Michel et sa belle-sœur la bien nommée ; leur petit Raphaël, 2 ans, dormait déjà. La soirée fut animée comme à chaque fois qu'ils se retrouvaient tous. Et comme toujours, Michel, sa femme et surtout ses parents l'interrogeaient pour savoir quand, enfin, il viendrait accompagné. Il rétorquait en demandant quand lui donnerait-on un second neveu. Le lendemain matin, les deux frères s'affrontèrent au tennis et le soir aux échecs. Dans la journée, il s'amusa avec l'enfant à qui il avait apporté plusieurs jouets dont il avait confié l'achat à sa secrétaire qui connaissait bien les goûts actuels des enfants pour en avoir deux de quatre et deux ans. Le dimanche, ils firent une balade en bateau et pique-niquèrent sur le banc d'Arguin quasi désert à cette époque. Michel et sa femme s'annoncèrent pour une prochaine petite semaine à Paris et il leur fit promettre de venir loger chez lui.

*J'essayerai de me libérer une journée pour la partager avec vous. Je vous ferai découvrir des coins peu connus du grand public ; le reste du temps, je vous laisserai en amoureux.*Leur dit-il.

Ainsi fut fait et, trois semaines plus tard, il les accueillit à bras ouverts. Il leur fit les honneurs de son appartement excepté la pièce protégée par un écriteau cloué sur la porte : « Accès *interdit à toute personne étrangère au service »*. Sur la terrasse, ils admirèrent Paris by night avant de s'y installer pour prendre un verre.

Le lendemain matin, il se fit le plus discret possible pour laisser ses hôtes dormir en paix. Pourtant, lorsque le caoua fut prêt, il vit sa belle-sœur arriver dans un charmant déshabillé.

— Déjà debout ?

— C'est l'odeur du café…

Le beau-frère et sa belle-sœur s'embrassèrent pour se dire bonjour ; il lui trouva la joue chaude et lui effleura involontairement le sein gauche. Il la servit et s'installa face à elle.

— Mon frère a fait un excellent choix ; tu es belle et resplendissante. Il faudra que je l'en félicite une fois encore.

— Comme tu ne l'ignores pas, toi aussi tu es beau. Tu ne dois pas manquer de conquêtes…

— Ça va, ça vient ; tu sais ce que c'est…

— Non. Pas personnellement. Je me contente d'imaginer.

Ses seins n'étaient guère cachés par sa tenue et semblaient vouloir se libérer dès qu'elle faisait un mouvement. Il ne l'avait jamais vue dans une telle tenue et se félicitait qu'elle fut à l'aise chez lui mais aussi que, par ailleurs, elle ne s'expose pas ainsi devant ses parents ; son père en aurait eu une apoplexie et sa mère s'en serait offusquée. Il se hâta de finir son café pour partir au plus vite afin d'éviter le danger.

Avant qu'il ne sorte, elle lui fit promettre de lui ouvrir « *la pièce interdite* ».

Tenace comme elle savait l'être, le soir même elle l'obligea à s'exécuter.

— Considérez-vous comme des privilégiés. Jusqu'ici, personne n'y a pénétré hormis la femme de ménage. C'est à la fois une salle de musique et de lecture, mon home cinéma et mon bureau.

Il y avait effectivement du matériel audio et vidéo de qualité, un bureau parfaitement rangé - il avait toujours été très méticuleux -, deux fauteuils luxueux placés l'un à côté de l'autre et une bibliothèque en bois fontaine importé de Guyane.

— Je vois ces deux fauteuils et tu prétends n'y recevoir personne ? L'interrogea son frère.

— J'aime bien être avec moi-même ; me retrouver en quelque sorte…

De son côté, Marie-Christine s'intéressait à ce qui devait être le tableau de chasse de son beau-frère.

— Ce sont tes trophées ?

— Non point ma chère. J'ai seulement omis de vous préciser que c'était aussi la salle des objets trouvés.

Les murs étaient décorés de sous-vêtements féminins magnifiquement encadrés. Elle en fit le tour :

— Voilà un Slogi ; celui-ci est probablement un Lejaby, ces deux ensembles des Steffi ; Ce Triumph est magnifique, quand à cet Implicite, n'en parlons pas ! Félicitations, cher beau-frère, tes amies ont bon goût.

— Et toi, que mets-tu ?

— Demande à ton frère…

Ce dernier resta coi.

En d'autres temps & autres lieux

Après avoir varié les jours et les heures, *Madame, Mademoiselle & Monsieur* décidèrent d'innover en expérimentant d'autres lieux. Ainsi, ils allèrent au cinéma voir un navet pour disposer au moins d'un rang pour eux seuls. *Madame et Mademoiselle* s'étaient rendues aux toilettes pour ôter leur slip. *Monsieur* fit un premier relevé en début de séance. Ces dames se montrèrent coopératives ayant relevé leur jupe et ouvert leurs cuisses. Il profita de l'obscurité pour poser sa main sur un genou, remonter par caresses successives vers leur yoni nu. Il ne fit que les effleurer et nota ses impressions à l'aveugle. Une heure plus tard, il renouvela ses prélèvements avec encore plus de bontés surtout vis-à-vis de *Mademoiselle.* L'ennui le plus total avait-il une influence sur les humeurs féminines ? Il le leur confirma !

Un soir, ils se donnèrent rendez-vous chez *Madame* à la tombée de la nuit avant de partir se promener sur les quais de la Seine. Ils déambulèrent un bon quart d'heure avant que *Monsieur* n'entame son travail puis ils poursuivirent leur chemin. Lorsqu'ils s'approchèrent d'un groupe de clochards s'invectivant violemment, *Monsieur* trouva l'occasion trop belle pour ne pas tester la peur ou tout au moins l'appréhension. Il poussa *Madame* un peu violemment le long d'un arbre et s'enquit de quérir ses sucs puis il s'approcha de *Mademoiselle à* qui il accorda le même traitement après l'avoir mise le dos au mur.

Avant de les quitter, il s'excusa de son attitude un peu brutale que nécessitait l'avancée de leurs connaissances. Il fut pardonné !

Une autre fois, ils se rendirent en plein midi déjeuner d'un sandwich et d'un kilt de rouge au jardin « Serge Gainsbourg » porte des Lilas. Ils s'étaient déguisés en clochards mais avaient plutôt l'air cloche. *Monsieur* fit un test lorsque ses cobayes buvaient le vin à même le goulot ce qui semblait les dégoûter. Avant qu'ils ne partent, il conduisit chacune d'elle juste au-dessus du boulevard périphérique ; là, il demanda leur collaboration pour qu'elle relève elle-même et très haut leur vêtement et il prit bien du temps pour ses prélèvements. Un ou deux chauffeurs les avaient-ils repérés depuis le périf ? Quoi qu'il en soit, ils provoquèrent un beau carambolage dont, égoïstement, ils s'amusèrent !

Quelques semaines plus tard, ils s'organisèrent un week-end en Sologne, à Lamotte-Beuvron exactement. *Monsieur* avait là, la garde d'une propriété appartenant à l'un de ses parents parti à la Jamaïque. Ils quittèrent Paris un samedi matin de bonne heure. Durant le trajet, sur l'autoroute, ils firent avec méthode le point sur leurs recherches ; Assise à côté du conducteur, *Madame* s'offrit pour un test. Elle se déboutonna et se libéra entièrement le ventre devant les yeux écarquillés de *Monsieur* comme de *Mademoiselle*. Lui, il l'observait du coin de l'œil lorgnant sur des cuisses en forme d'appel et un minou plus qu'attirant. D'une main, il jouait avec elle faisant mine de chercher désespérément sa source. L'ayant trouvée, il y posa deux doigts qu'il fit glisser de bas en haut et de haut en bas avant de les renifler puis de déguster le produit ainsi recueilli. Ils durent faire une halte pour ne pas défavoriser *Mademoiselle !* En se rhabillant, *Madame* fit ces commentaires :

Je remets mon slip pour que, tout à l'heure, vous me donniez le plaisir de me l'ôter et ma jupe pour éviter l'atteinte à la pudeur lorsque je passerai à l'arrière de votre belle auto.

Une fois installée à l'avant, *Mademoiselle* eut la patience d'attendre quelques kilomètres avant de se mettre en tenue ! Contrairement à *Madame* elle ne commença pas par son ultime protection mais par sa mini ; elle resta ainsi en slip sagement assise, les jambes un peu écartées fixant la route alors que *Monsieur* lorgnait ses deux porte-fesses et son shorty framboise. Enfin, elle bascula un peu son dossier, défit son cache minou et posa ses deux pieds bien écartés sur le tableau de bord. Elle s'offrait aux quatre yeux ébahis. *Madame* eut l'honnêteté d'applaudir à cette réjouissante initiative, *Monsieur* profita du spectacle en amateur éclairé. Il sut aussi retenir ses doigts avides laissant ses mains flatter les jolis jambons de *Mademoiselle*. Constatant qu'il ne restait plus que vingt kilomètres avant de quitter l'autoroute, il fit son devoir pour le plus grand plaisir de sa jeune passagère !

Arrivés vers 10 heures, ils se rendirent directement à la propriété où ils prirent un café accompagné des viennoiseries achetées en centre-ville. La veille, *Monsieur* avait porté, par téléphone, le chauffage de hors gel à 22 degrés pour assurer le confort de ses accompagnatrices. Une fois réconfortés, ils sortirent les paniers de leur déjeuner, confectionné par *Madame* et lui, il prépara les vins qu'il avait apportés. Comme il s'y attendait, il fallut à *Monsieur* reprendre du service en libérant les yonis de ces dames. Comme il n'était pas à court d'idées et que *Madame* commençait à manifester une certaine impatience, il s'occupa d'elle en premier. S'agenouillant à ses pieds, il posa ses mains juste au-dessus des genoux et grimpa comme on fait l'ascension d'une paroi difficile c'est-à-dire pas à pas en s'accrochant à la moindre aspérité – que lui imaginait – et en marquant des pauses bienfaitrices. Arrivé au sommet, il roula le tissu comme on roule un tapis faisant jouer à ses doigts le rôle d'acteurs malhabiles pour mieux profiter des merveilles qu'il devinait. Il sentait que *Madame* appréciait ses manières. Pour *Mademoiselle*, il prit la même posture afin d'éviter les jalousies mais son manège, s'il commença mêmement différa nettement dès qu'il fut hors la vue de *Madame* : Lorsqu'elles sentirent le shorty, les mains baladeuses se faufilèrent entre la peau et son enveloppe en tissu mais en montant ! Et firent mine de chercher la sortie côté pile comme côté face. Ne trouvant pas d'issue, il retira ses mains pour les relancer ensuite mais cette fois au-dessus du sous-vêtement et acheva son œuvre de bienfaisance.

Leurs bottes étant sorties, ils les chaussèrent et partir en promenade dans le parc. Le but était le Chicandin, un affluent du Beuvron qui servait de limite naturelle à la propriété. En sortant, le froid de cette mi-novembre les saisit d'autant qu'à l'intérieur, il faisait particulièrement bon. *Mademoiselle* remarqua :

Décidément, que de frissons ce matin !

Monsieur récupéra dans sa voiture les fiches qu'il avait préparées pour cette promenade et ils partirent d'un bon pied. Les feuilles jonchant le sol constituaient un royal tapis multicolore. En chemin, ils s'immiscèrent de quelques mètres dans le bois à la recherche de champignons. *Mademoiselle* nomma plusieurs oiseaux qui leur faisaient la sérénade et lorsqu'une trouée laissait le soleil darder ses rayons, elle s'y glissait pour danser devant ses compagnons qui admiraient la grâce autant que l'innocente provocation qu'elle y mettait. Une demi-heure plus tard, c'est-à-dire à mi-parcours vers le ruisseau, *Monsieur* fit un premier prélèvement. Ces dames s'obligèrent fort complaisamment.

Les eaux du Chicandin ne dormaient pas et celui-ci se trouvait d'ailleurs hors de son lit. Cette vue inspira *Monsieur.*

Voyez comme il court, manifestement pressé d'aller se déverser dans le Beuvron et de l'engrosser ; il veut montrer sa force l'impétueux. Ce petit prétentieux en déborde de tous côtés et perd une bonne partie de ses eaux dans ces herbages inondés à force d'avoir trop à boire. La nature abonde, mes amies, comme souvent vos adorables caïmites. Voyons cela avant de nous en retourner.

L'heure qu'ils mirent à rentrer au logis, fut joyeuse. Maintenant habituées à la fraîcheur de l'air *Madame* et *Mademoiselle* apprécièrent les caprices d'un léger vent qui se montrait parfois indiscret et curieux à leur endroit. Il les faisait agréablement frissonner. Et, lorsque ce fripon ne se montrait pas assez entreprenant, elles soulevaient leur vêture comme pour l'inviter à revenir et elles tournoyaient, légères et provocantes s'occupant d'ailleurs plus l'une de l'autre que de *Monsieur* qui en profitait pour ne pas perdre une miette de ce ballet improvisé.

Autant dire qu'elles arrivèrent au bercail toutes émoustillées tant par les doigts habiles de *Monsieur* que par la bise du bon Dieu. Alors qu'il servait l'apéritif, *Madame* s'allongea confortablement sur un divan et ne se préoccupa plus que de son intimité qu'elle souhaitait manifestement récompenser des satisfactions qu'elle lui procurait. La voyant ainsi se doigter, *Mademoiselle* se mordit les lèvres et commença à se tortiller sur son fauteuil. Manifestement, elle n'osait. Voyant cela, *Monsieur* se fit bon samaritain. Il lui fit signe de venir sur ses genoux, l'y installa au mieux et lui fit la charité. Il s'accordait aux réactions de sa contrebasse pour mieux la servir augmentant ou diminuant la pression de son majeur, faisant tournicoter son index comme il le voyait faire *Madame.* Il sentait le plaisir monter en elle qui s'arc-boutait de plus en plus enfonçant les fesses dans le ventre de son bienfaiteur qui ne pouvait plus maîtriser une réaction bien virile. *Madame* ayant un peu d'avance, elle entama le concert du *septième ciel* immédiatement suivit par *Mademoiselle* qui prit le relais des doigts de *Monsieur* pour achever son œuvre.

Le rosé frais fut le bien venu et après s'être désaltéré, tous les trois déjeunèrent d'excellent appétit. L'après-midi, ils déambulèrent au milieu d'un sympathique vide grenier agrémenté de numéros d'acteurs de rues avant de se désaltérer d'un thé revigorant. Taquine, *Madame* demanda à *Monsieur* s'il ne craignait pas de finir par attraper des ampoules aux doigts à force de les besogner. Ce à quoi il répondit qu'il connaissait une crème régénératrice dont il songeait à faire commerce. *Mademoiselle* se sentant de mieux en mieux au milieu de ce couple improbable, félicita son musicien de l'excellence de son jeu précisant seulement et sans que ce fût un reproche :

Il faudra tout de même que je vous apprenne à me finir !

Ils dînèrent à l'hôtel des sœurs Tatin d'un repas de fête, qu'on en juge :

En entrée, tous trois optèrent pour un médaillon de lotte et noix de Saint-Jacques au coulis de mangue et lait de coco. Puis ces dames choisirent une poêlée de rognons de veau à l'Armagnac et ses Linguine fraîches pendant que *Monsieur* se rabattait sur un médaillon de biche sauce Grand Veneur. Avec la frisée ils apprécièrent le fromage local, à savoir la Blonde de Sologne. Elles finirent par une banane flambée au rhum vanillé coulis de lait et kiwi, glace caramel au sel de Guérande et lui par une poire Belle Hélène.

Ils logèrent à la Villa Tatin dans la chambre « Pomme Granny » disposant de deux lits. Comme convenu lors des préparatifs, *Madame* et *Mademoiselle* coucheraient ensemble et lui dans le petit lit autour duquel il avait demandé qu'on installe un paravent. Les propriétaires qui les accueillaient se demandaient si ces trois-là constituaient une famille. Les différences d'âges semblaient trop faibles pour qu'il s'agisse de parents et de leur fille à moins que la mère n'ait donné naissance à son enfant entre 14 et 16 ans ! Depuis qu'ils recevaient des hôtes, ils en avaient tant vu qu'ils n'y prêtèrent guère attention.

Avant de se glisser dans ses draps, *Monsieur* se devait à ses observations. Il s'installa pour prénoter ses fiches : « Avant le coucher après un excellent et plantureux repas ». Nota-t-il.

Il eut droit à un effeuillage simultané, cadencé et osé, à croire que ses deux copines de chambrée s'y étaient entraînées. Il put s'amuser à comparer les attraits de ces dames avec lesquels elles jouaient entre-elles sans vergogne se frottant les seins, les fesses ou le pubis dans une danse langoureuse. Lascives et provocantes, elles vinrent à lui pour qu'il puisse remplir sa mission ce qu'il fit avec componction. Alors qu'il notait ses observations, elles se mirent au lit et il entendit Madame s'adresser ainsi à lui :

— J'y pense maintenant, vous plairait-il de vous soulager en moi ? Je n'imagine pas une seconde que vous puissiez être de bois !

— Soyez remerciée, *Madame*, mais jamais pendant le service ! Trop d'enquêtes échouent à révéler la vérité lorsque aux fouilles, aux investigations et autres recherches se mêlent des considérations personnelles aux enquêteurs. Je vous souhaite une délicieuse nuit et me retire dans mes appartements, si je puis qualifier ainsi le coin que je me suis réservé.

— Pardon d'insister, mais comment faites-vous pour tenir ? Manquerions-nous de charmes et nos appâts vous paraissent-ils déjà si décrépits?

— Rassurez-vous, vous êtes toutes deux fort désirables mais, vous le savez, je suis un homme de devoir. Maintenant sachez que pour calmer mes ardeurs, je pense en ce moment à l'évêque Cauchon, au procès en sorcellerie de cette pauvre Jeanne d'Arc à qui on ne reprochait finalement que le port d'habits masculins… Combien d'entre vous faudrait-il que l'on brûle aujourd'hui ? Dormez bien.

Il les entendit longtemps, non pas papoter comme deux gamines mais se tirlipoter mutuellement. Cauchon ou pas, par mesure d'hygiène, il adressa un SMS à Marlène Passeur, sa vidangeuse de service, s'annonçant à dîner pour le lendemain soir.

Le dimanche matin, ils ne furent pas réveillés par des cloches mais par la lumière de l'astre solaire et le chant des oiseaux. *Mademoiselle* se leva la première et se rendit sans vergogne ni la moindre toilette dans l'alcôve de *Monsieur* pour le test du « matin au saut du lit ». Sa présence à la tête de son lit lui fit ouvrir les yeux et sourire à ce charmant tableau. Il avança sa main vers les jumelles auxquelles il dit bonjour d'une manière franche puis il évalua son devant musardant d'abord dans son toupet blond et soyeux. Il utilisa presque sa main entière pour recueillir son premier jus de fruit de la journée et réalisa son examen en fermant les yeux. Lorsqu'il les rouvrit, *Mademoiselle* s'était réfugiée dans la salle de bains.

Au cours du retour à Paris, la jeune fille qui se sentait de mieux en mieux dans ce trio si particulier osa une suggestion à ses amis :

— Votre essai sur la cyprine commence à prendre une belle forme et vos premières conclusions ne manquent ni de piquants ni d'intérêts. Il me semble pourtant qu'un chapitre pourrait y être avantageusement ajouté, c'est celui du moyen de prélèvement...

— Que veux-tu dire, ma chérie ? L'interrogea *Madame, manifestement* intéressée.

— Et bien, *Monsieur* ne se sert actuellement que de ses doigts au demeurant fort bien. Mais nos sucs s'oxydent inévitablement entre notre source et ses sens. À mon humble avis, il conviendrait qu'il usa parfois directement de son nez et de sa langue.

— Excellent ! Bravo ma bonne amie. Je vais organiser cela pour un plus long week-end cette fois-ci en bord de mer.

Monsieur accéléra subitement. Fini de lambiner, se dit-il, il devient urgent que je retrouve Marlène...

Marlène

Marlène n'appartenait à aucune des catégories dans lesquelles on pouvait classer les conquêtes de notre ami. Pour la raison que nous allons voir, ils tenaient l'un à l'autre « à la vie, à la mort ».

Ils se rencontrèrent une nuit vers 2h30 du matin, sur le Petit Pont qu'elle cherchait très malhabilement à enjamber pour prendre la Seine comme ultime lit. Elle tenait une belle soûlerie qui l'empêchait d'atteindre son but la faisant retomber à chaque fois sur le trottoir de plus en plus lourdement. Après avoir observé son manège et ses tentatives avortées, constatant qu'il s'agissait d'une jeune personne et probablement d'une fille, la méfiance de Franck se dissipa et il vint l'aider à se relever. Dès qu'elle sentit qu'on la touchait, elle se débattit autant qu'elle put mais sa beuverie et la fatigue engendrée par ses multiples essais finirent par avoir raison de ses dernières forces. Elle se laissa porter jusqu'à un muret qui leur servit de banc. Il lui proposa d'appeler les secours, le SAMU social ou les pompiers. À ces mots, elle attrapa son baluchon et chercha à se lever ; ce ne fut que pour s'écrouler deux mètres plus loin.

— Ne craignez rien, mademoiselle. Où habitez-vous ? Je vais vous raccompagner.

Les borborygmes qu'elle lui adressa ne permettaient vraiment pas de localiser son logement. Il la releva une seconde fois et la reconduisit à leur banc. Là, il essuya le sang qui coulait maintenant de sa tempe et chercha dans son sac une adresse. Dans un fouillis fréquent dans le sac d'une femme mais incompréhensible pour un homme, il finit par trouver des clés et une adresse située dans le quartier. En espérant que les clés apporteraient la preuve que l'adresse se trouvait bien être son actuel domicile, ils partirent dans un équipage qui aurait fait peur aux peureux et rire les éternels rieurs.

Arrivés à destination, il apprécia que les noms sur les boîtes aux lettres soient lisibles et les adresses complètes. Par contre, l'ascenseur semblait dormir ; il fallut prendre l'escalier et qu'il lui fasse monter les trois étages quasiment en la portant. Ce pèlerinage s'avéra long et pénible, un véritable chemin de croix ! Enfin, ils entrèrent dans un appartement puant le tabac et dans lequel on ne pouvait guère avancer tant il se trouvait en désordre. Il la déposa tel un sac sur la première chaise venue en priant le ciel qu'elle tiendrait en équilibre. Tout en la surveillant du coin de l'œil, il alluma la lumière, ferma la porte de l'appartement, s'enquit d'un verre d'eau qu'il lui fit avaler. Dans une minuscule chambre, il traça un chemin vers sa couche en poussant à droite ou à gauche tout ce qui jonchait le plancher et libéra le lit couvert d'objets hétéroclites. À son retour, oh miracle, elle tenait encore sur sa chaise tout en se balançant dangereusement. Il lui fit faire ses derniers pas pour l'asseoir sur le lit. Il alla récupérer un gant de toilette avec lequel il lui frotta la frimousse et les mains ce qui la fit réagir: il eut droit à une volée de bois vert ou plus exactement à une bordée d'injures. En la déshabillant entièrement il se demandait ce qu'il faisait là et s'inquiétait des risques qu'il prenait. N'aurait-il pas mieux fait d'appeler les secours et de leur refiler le paquet ?

Lorsqu'elle fut entièrement couchée et que seule apparaissait sa bobine de gamine dépassée, il se félicita de ne pas l'avoir envoyée dans une salle de dégrisement ou à attendre des heures aux urgences. Par précaution, il s'installa dans un fauteuil HS pour surveiller sa nuit. Il fit bien car elle faillit être étouffée par son vomi. N'ayant pas pris le soin de chercher une cuvette « au cas ou », il dut se taper un nettoyage fort désagréable après l'avoir, à nouveau, complètement débarbouillée. Dans un placard, il trouva des draps censés être propres. Ils refirent le trajet inverse pour l'installer dans la pièce d'à côté et cette fois, il la confia au vieux fauteuil, changea le linge et la recoucha. Il la couvrit d'une couverture à peu près correcte et ouvrit la fenêtre pour changer l'air qui commençait à lui donner mal au crâne. Il fit de même dans la pièce principale pour créer un courant d'air. Dix minutes plus tard, il ferma tout et s'installa en espérant que les quelques heures qui le séparaient du jour lui seraient bénéfiques.

Évidemment, il dormit mal, très mal même. Vers 8 heures, il rentra dans la chambre et ne put s'empêcher de sourire devant la sérénité qu'affichait le visage de sa protégée de la nuit. Durant son sommeil, il l'avait entendu plusieurs fois rêver ou plus probablement cauchemarder. Il prit les clés et alla acheter de quoi petit-déjeuner. Ayant des doutes sur tout ce qu'il pourrait trouver chez elle, il prit non seulement du pain mais aussi du beurre, de la confiture, du sucre et du café soluble. À son retour, il fit exprès de faire du bruit pour la réveiller.

Ne se souvenant pas avoir logé quelqu'un pendant la nuit, elle se leva et le rejoignit d'un pas mal assuré. Totalement nue, elle l'interpella méchamment :

— Mais, qui êtes-vous ? Et que faites-vous chez-moi ?

— Allez vous couvrir et venez manger ; vous en avez besoin. Répondit-il avec un ton et une voix qu'il ne reconnaissait pas.

Elle revint couverte d'un large pull qui lui descendait jusqu'à mi-cuisse et s'assit en face de lui devant un bol de café au lait fumant. Il commença à se tartiner une belle tranche de baguette sentant le regard interrogatif et apparemment furieux qu'elle posait sur lui. Il avala deux belles bouchées en la regardant fixement dans les yeux un très léger sourire accroché à ses lèvres.

— Vous avez abusé de moi, j'en suis certaine. Vous avez profité de mon sommeil pour me violer. Foutez-moi le camp, espèce de salaud.

— Calmez-vous et mangez. Je ne vous parlerai pas tant que vous n'aurez pas fini. Dépêchez-vous car maintenant, il faut que j'y aille.

Son ton amical, un peu paternel et son brin d'autorité ne furent pas les seuls à la décider, son regard et toujours le même sourire empreint de bonté firent aussi effet sur elle. Après qu'elle se fut un peu sustentée, il lui raconta une partie de leur nuit :

— Nous nous sommes rencontrés sur le Petit Pont alors que vous vous exerciez à je ne sais trop quel sport. Votre taux d'alcoolémie vous aurait mérité quelques heures en salle de dégrisement mais vous m'avez refusé cette solution pourtant simple. Je vous ai alors accompagnée ou plus exactement portée ici et me suis occupé de vous comme l'aurait fait une bonne amie. Oui, je vous ai lavée, déshabillée et couchée. Non je ne vous ai pas violée ; Le plus salaud des salauds, même en rut, s'y serait refusé tant vous étiez dans un état minable et plutôt repoussant.

Venez me retrouver à 13h à cette adresse, nous y prendrons le plat du jour, vous verrez, quel qu'il soit vous l'apprécierez. À toute à l'heure.

Il sortit la laissant seule face à un fond de café encore tiède. Sa tête lui faisait la gueule. Que faisait-elle entre deux et trois heures du matin sur un pont de Paris ? Il avait parlé de sport… Quel sport ? Les trois armagnacs qu'elle s'était forcé à boire dans les bistrots qui l'expulsaient vite pour cause de fermeture. Maintenant, elle y était : elle avait la gueule de bois ! Elle retourna s'allonger et tenta de se souvenir de la suite mais rien ne lui revenait en mémoire même la façon dont il l'avait déshabillée. Et que penser de ce type qui prohibait sa nudité et voulait la voir couverte un minimum. Elle dormit jusqu'à midi un quart et songea immédiatement au rendez-vous qu'il lui avait donné pour déjeuner. Sans se poser de questions, elle se prépara et y couru.

— Vous n'avez pas encore très bonne mine mais vous allez tout de même mieux qu'il y a quelques heures. Aujourd'hui c'est couscous. Fait maison, vous m'en direz des nouvelles. Ils ne parlèrent quasiment pas et elle ne mangea que la moitié de son assiette mais il prit cela pour un succès. Au moment du café, il l'invita à dîner dans un vrai restaurant à 20h30.

— D'ici là, faites une bonne sieste et, si vous en avez le temps, mettez un peu d'ordre dans votre gourbi.

Elle se surprit à lui obéir comme une agnelle suit son berger. Elle dormit deux heures, rangea son linge sale dans un énorme sac et fit la vaisselle. Une performance ! Elle prit une longue douche en rêvassant puis, s'essuyant les seins devant sa glace, elle l'entendit prononcer cette phrase terrible : « *Le plus salaud des salauds, même en rut, s'y serait refusé tant vous étiez dans un état minable et plutôt repoussant* ». Tu vas voir, si je suis réellement rebutante…

Effectivement, lorsqu'ils se retrouvérent au restaurant, il constata qu'elle reprenait vie et la trouva même coquette ; il lui en fit compliment. Elle ne boudait plus et se raconta. Un père ivrogne qui aurait bien voulu connaître intimement sa fille et tout naturellement un mariage de fuite dès sa majorité avec un « vieux » de 26 ans qui ne tarda pas à la battre pour un oui pour un non. L'humiliation : la fin de la piscine avec ses copines pour ne pas laisser voir ses bleus. Le divorce, l'enchaînement des petits boulots, l'arrivée en force des difficultés financières, l'énervement, une engueulade avec son patron et « *Tu prends la porte immédiatement* » ; la galère et toujours la galère. Où se situe la porte de sortie, il y en a-t-il même une ? Oui, trois mauvais armagnacs et le Petit Pont.

Lui ne fit aucun commentaire se contentant de la regarder avec honnêteté et son éternel sourire. Il la raccompagna à la porte de son immeuble et lui souhaita une bonne nuit.

Dormez bien et longtemps. Demain midi, même lieu même heure que ce matin. Je vous attendrai.

Décidément, elle ne comprenait pas ce type. Ce soir, elle se serait donnée s'il l'avait voulu. D'ailleurs, il était loin d'être moche, bien au contraire et il était gentil et même doux. Une fois couchée, elle y repensait se demandant pourquoi elle irait à nouveau déjeuner en sa compagnie sans s'être posé la moindre question. Contrairement à son habitude et pour la première fois, elle s'était couchée nue. Elle apprécia cette liberté. « Quand j'aurai refait surface, j'achèterai des draps en soie » se dit-elle tout en plongeant dans le sommeil.

Au cours du déjeuner, il demanda à sa « *petite cahotte* » de lui préparer trois papiers qu'elle apporterait au dîner:

Sur la première feuille tu écriras de haut en bas la séquence père ivrogne et vicieux, galère financière, patron inhumain, Petit Pont. Une fois en très gros, une seconde fois d'écriture moyenne puis petite, toute petite et enfin minuscule. Tout en noir. Tu verras ce soir ce que nous en ferons. Sur la seconde feuille, tu noteras tes envies, tes souhaits, tes rêves ; Mets-y ta tête et ton cœur. Tout en couleur.

Enfin, sur un troisième feuillet tu transcriras d'un côté le détail de ce que tu as à régler et en dessous tu établiras ton budget actuel, tes rentrées d'argent et tes dépenses.

Il fut satisfait de la voir finir son plat du jour.

Au dîner, il sortit de l'une de ses poches deux feutres noirs et poussa les couverts sur un coin de leur table. Il lui demanda de poser sa première feuille entre eux et lui donna l'un des stylos-feutres.

— Nous allons détruire et oublier ce mauvais passé. Chacun prend une diagonale.

Chacun plaça la pointe du crayon-feutre à un angle du papier et parti vers l'angle opposé.

Évidemment, ils se croisèrent au centre de la feuille, levèrent la tête l'un vers l'autre et elle sourit comme un enfant qu'on aurait gentiment piégé et qui découvrirait un point de géométrie. Leurs mains se touchaient et ils semblaient aimer cela probablement pour des raisons différentes. Ils finirent leurs tracés et il lui tendit le papier :

— Maintenant, déchire-le en deux et donne-moi les morceaux.

À son tour, il le déchira une fois et lui redonna. Lorsque ce ne furent que des confettis, il fit deux tas :

— On en prend chacun un et on va le mettre à la poubelle.

Ils s'y rendirent comme en procession avant de se remettre à table où il remit en place les couverts.

— Toi et moi, nous n'en parlerons plus jamais. Ta feuille du bonheur, garde la pour toi et regarde-la tous les jours. Passe-moi maintenant l'état de tes finances.

Là, c'était plutôt fouillis. Il lui demanda quelques précisions. Son retard s'élevait à 1 752 €uros et ses besoins mensuels pour être à l'équilibre se montaient à un peu plus de 400 €uros.

— Je vais apurer tes dettes et je te donnerai 100 €uros chaque semaine pendant trois mois, le temps que tu te retournes. C'est cadeau. Maintenant, tu vas t'inscrire à Pôle emploi ; même si tu ne percevras pas d'indemnité de chômage, tu permettras à ton futur employeur d'obtenir des allégements de charges. Puisque tu as une expérience de serveuse de bar et de restaurant, vise les établissements des grands groupes de l'hôtellerie et de la restauration. Tu devras y bosser au moins autant qu'ailleurs mais tu pourras y faire carrière et monter les échelons. Je crois en toi ; vas-y fonce !

— Pourquoi fais-tu cela ?

— À ton avis ?

— Je n'y comprends pas grand-chose…

— Moi non plus, je ne le sais pas précisément. Peut-être es-tu la petite sœur que je n'ai jamais eue. Ou alors, ayant fait la grosse bêtise de te soutenir pour te raccompagner dans ton taudis, je ne pouvais plus t'y laisser comme un paquet de linge sale. Et puis, je crois surtout que tu aurais fait la même chose pour moi. Imagine-toi, par exemple, directrice adjointe d'une importante boîte de pub. Tu me rencontres dans le même état que toi l'autre nuit. Que fais-tu ? Passe-toi le film et tu trouveras probablement la solution.

Il la raccompagna à son immeuble. Les repas en commun cessèrent au bout d'une semaine. Le dernier soir, elle le supplia de monter.

— Je veux te montrer quelque chose !

Il ne reconnut pas l'appartement tellement elle l'avait rangé et joliment fleuri. Il la félicita et elle se jeta dans ses bras avec un énorme et sincère :

— Merci !

— Ne dis pas de bêtise. Tu me fais là un beau cadeau, c'est à moi de te remercier.

Il sentait son corps palpiter contre le sien et ses seins commençaient à durcir. Il l'embrassa sur le front et lui souhaita une bonne nuit.

— À jeudi soir « Chez Paulette ». N'oublie pas.

Et il la quitta précipitamment.

En trois jours, elle obtint quatre rendez-vous pour des entretiens d'embauche. Son secteur professionnel manquait cruellement de petites mains que le travail et des heures impossibles ne rebutaient pas. Tous les jours, elle parcourait sa « *Feuille du Bonheur* » et quand elle eut décroché ses deux premières entrevues elle s'attarda sur le vœu : *L'aimer et dormir dans ses bras*. Elle lui annonça ses contacts lors de leur premier dîner hebdomadaire. Lorsqu'ils se souhaitèrent bonne nuit, elle voulut qu'il monte et ne cacha pas ses intentions ni son besoin :

— J'ai envie de toi !

— Lorsque tu auras dégoté un beau contrat de travail, tu seras redevenue vraiment toi-même. Alors, nous fêterons cela tous les deux et nous nous aimerons. Nous ferons du grandiose. Va vite te coucher petite fleur.

Dix-sept jours après, c'est une serveuse chez Courte Paille qu'il serrait dans ses bras. Elle avait tenu à ce qu'ils dînent chez elle et lui avait rappelé son engagement. Il la trouva rayonnante ; son visage avait repris des couleurs, ses yeux pétillaient de la joie de vivre. Mais ce qui le frappa en premier fut la tenue qu'elle portait. Originale et même du *jamais vu.* Et terriblement sexy. Où avait-elle pu dénicher une telle tenue. On ne pouvait pas appeler cela une robe, ni un déshabillé bien qu'elle fût peu couverte. Quoi qu'il en soit, cela lui allait divinement bien, la rendait excitante et désirable sans que ce fût vulgaire. Des bretelles soutenaient une sorte de soutien-gorge en tissu, très échancré laissant apparaître la naissance d'une poitrine pas radine pour un sou puis les bretelles poursuivaient leur chemin pour soutenir un ruban de tissu couvrant à peine son bassin. Il ne l'avait pas encore embrassée et restait là figé par l'étonnement tenant dans ses bras une bouteille de champagne et un gros paquet cadeau.

— Je te plais ? L'interrogea-t-elle en tournant sur elle-même.

— Tu es resplendissante ! Où as-tu bien pu trouver cette tenue ?

— Je l'ai dessinée puis cousue pour toi et pour toi seul. Je ne la porterai que pour toi.

Il l'embrassa, posa sa bouteille sur la table et son paquet sur une chaise et ils se jetèrent dans les bras l'un de l'autre. Ils restèrent serrés ainsi plusieurs minutes. Elle avait posé sa tête sur son torse, s'abandonnant. Tous les deux revivaient le chemin qui les avait conduits à s'enlacer. Doucement, il commença à la caresser ; il trouva agréable et surtout très pratique de pouvoir atteindre si facilement ses rondeurs. Sa *robe* ne constituait nullement un obstacle mais plutôt une invite. Il flatta sa croupe tout en serrant la jeune fille contre lui et lorsqu'elle sentit la raideur que cachait son pantalon elle l'embrassa avec furie, manifestement heureuse. Il rompit le charme et leurs ardeurs en servant le champagne. Elle s'était assise au bord de sa chaise après avoir relevé le bas de sa tenue offrant ainsi à son regard ses cuisses potelées et un peu de sa culotte bleu marine de petite fille modèle. En lui tendant son verre, il n'échappa pas à ses roberts eux aussi plutôt dodus. Ils trinquèrent au contrat de travail dégoté par elle, à leur rencontre, à la beauté, à la vie. Puis, il lui offrit son cadeau. Une dizaine de livres destinés à la changer de la téléréalité ou des séries roses qu'elle collectionnait. Il y avait une trilogie de Robert Sabatier, « La Frangette » de George Sand, « Au bon beurre » de Jean Dutour, Les Misérables de Victor Hugo, etc.

Tu verras, tu découvriras de nouveaux horizons. J'ai aimé tous ces livres.

Ils passèrent à table et il l'interrogea sur ses talents de styliste et de couturière. Elle l'étonna en lui apprenant que le modèle sortait de son imagination et que sa mère lui avait très tôt appris à coudre. Au dessert, elle lui fit la surprise de découvrir entièrement ses seins en dégrafant simplement deux boutons-pressions de chacune des deux bretelles. Elle regarda le mâle admirer ce qu'elle lui offrait et fut satisfaite de voir comment il était subjugué. Elle qui se croyait « trop grosse » ! Sans toucher à la compote de pommes et poires qu'elle venait de servir, il se leva, se posta derrière elle et lui massa l'avant-scène avec douceur tout en l'embrassant dans le cou.

Le dessert avalé, elle débarrassa rapidement la table avant de venir se blottir dans ses bras. Ils mourraient d'envie l'un de l'autre mais cherchaient aussi à profiter de ce moment béni. Bientôt, elle se leva, et se déculotta devant lui sans aucune pudeur avant de se rasseoir à ses côtés. Alors, d'une main, il caressa longuement les cuisses de la jeune fille pendant que l'autre main faisait connaissance avec ses tétons ; De son côté, elle faisait mine d'être intriguée par la bosse de son sauveur tout en glissant ses doigts sous sa chemise. Cette fois-ci, c'est saouls d'amour à venir qu'ils rejoignirent le lit dont les draps étaient maintenant de soie. Elle fut déshabillée beaucoup plus vite que lui et c'est sur une femme ouverte et disponible qu'il s'allongea. Sa langue partit explorer ce corps dont il avait rêvé et se délecta de ses rondeurs. Emportée par je ne sais trop quel élan, sa tête se retrouva enfouie dans sa corolle qui jutait de plaisir. Les mains de l'amant n'en pouvaient plus de monter et descendre cherchant en vain à emprisonner les monticules qu'elles rencontraient en chemin. La peau douce frissonnait au moindre attouchement et tout le corps s'arquait parfois sous l'accumulation du plaisir qu'on lui donnait sans compter.

Il entra en elle sans frapper et complètement s'y immobilisant comme s'il était mort. Elle ne put retenir un petit cri de satisfaction. Elle le sentait la posséder entièrement et même plus. Il commença à remuer précautionneusement cherchant ses sensibilités et la faisant réagir sous lui puis, lorsqu'elle souleva son bassin pour mieux arrimer le sexe qui la fouillait, il se recula pour mieux revenir ; elle ne savait plus s'il était à droite, à gauche ou au centre ; en fait il se trouvait partout et la comblait. Leurs mouvements cadencés s'accélérèrent et ils se donnèrent l'un à l'autre un formidable bouquet final.

Ils passèrent la nuit à s'aimer et à se découvrir. Elle n'en revenait pas du plaisir et de la fierté qu'elle ressentait en s'empalant sur la bite d'un avocat jeune et si beau qu'elle venait de sucer avec tendresse ; lui s'étonnait d'apprécier les appâts d'une jeune femme bien en chair dans laquelle il adorait s'enfouir.

Ils devinrent bons amis et elle fut toujours disponible pour lui comme elle allait l'être ce soir.

Elle porte une nouvelle robe de son imagination, une variante de celle qu'il connaissait bien maintenant. Cette fois, les bretelles lui faisaient un collier et, sous ses doudounes, se croisaient sur son ventre ; le tissu fin et diaphane laissait apparaître ses sous-vêtements et ne dissimulait plus rien de ses formes généreuses. Cela finit de le mettre en condition alors qu'il s'y trouvait déjà et ce depuis bien longtemps. Ce n'est pas exagéré de dire qu'il la sauta sans sommation et l'inonda dès qu'il eut le ventre collé à ses fesses.

— Apparemment, y'avait urgence… Lui dit-elle, amusée.

— Montre-moi cette nouvelle robe que je t'admire. Répondit-il faisant mine de ne pas l'avoir entendue.

Elle se releva et lui en fit profiter, contente de constater qu'il appréciait. Elle l'étonnait, le surprenait, l'aguichait, l'allumait ou plus exactement le rallumait à en juger par l'état de sa hampe. Il faut avouer qu'elle savait s'y prendre et que son habit la valorisait vraiment. Comme le dîner pouvait attendre, elle arrêta sa danse par un magnifique grand écart qui mit sa bouche à hauteur du braquemart redevenu roide à ne plus. Elle lui fit des gentillesses jusqu'à ce qu'elle sente qu'elle ne devait plus s'éterniser si elle voulait que sa coucoune profite elle aussi de sa belle forme. Elle s'abandonna à lui totalement confiante dans ses capacités à la faire grimper au rideau et il y mit toute son ardeur tout en se distrayant à la laisser languir, s'impatienter. Il jouait avec son petit puis le quittait pour attraper un téton avant de revenir accorder ses faveurs à son arrière-train. Il allait et venait en elle, faisant mine de tout avoir à découvrir alors qu'il connaissait par cœur son intérieur. Le signal ne variait guère : elle se collait à lui comme si elle voulait l'avaler entièrement et remuait sa croupe qui devenait tout à coup ferme et même dure. Alors, il accélérait le mouvement par paliers successifs jusqu'à ce que la gratitude qu'elle finissait par lui chanter lui commande de donner, sans plus attendre, le meilleur de lui-même.

Ils dînèrent paillardement avant de se régaler mutuellement de leurs corps toujours affamés l'un de l'autre.

L'arnaque

De son côté, et suite à cette balade en Sologne, *Madame* recueillait les confidences amoureuses de la jeune *Mademoiselle.* Ce n'était guère brillant et les taraudait toutes deux, chacune à sa manière. La plus jeune n'osait pas solliciter de son amie qu'elle lui accorde les bonnes grâces de *Monsieur* sous prétexte de chasse gardée ou du moins le supposait-elle. En fait, *Madame* voulait s'assurer d'un aspect qu'elle ne connaissait pas encore : la nature de sa virilité et surtout s'il en usait convenablement. Elle ne savait rien de ses attributs et s'en préoccupait d'autant qu'il avait refusé l'offre qu'elle lui avait faite de le délester. D'ailleurs, elle en avait été vexée. Elle l'aurait accueilli avec bonté et largesse par plaisir et en reconnaissance de la Cité fruitée pour service rendu au Petit Peuple. S'il l'avait préféré, elle aurait également accepté de le prendre en bouche en souvenir d'un jet chaud et dru qui lui avait tapissé - il y a déjà si longtemps ! - tout le fond de la gorge. Souffrait-il donc d'une anomalie congénitale ? La nature avait-elle négligé chez lui cette fonction pourtant vitale ?

Il lui fallait en savoir plus avant de le prendre comme initiateur de sa jeune protégée. Elle n'oubliait pas qu'il s'agissait d'effacer de mauvais souvenirs chez la jeune fille et de les remplacer par une forme de perfection. Quant à y procéder par elle-même, autrement dit le tester, elle se refusait à prendre un tel risque, surtout, ne pas insulter l'avenir de son étude. Elle finit par se convaincre que la meilleure solution était qu'elle ait recours à son amie Madeleine. Elle a le sang chaud, se dit-elle, elle fera parfaitement l'affaire et j'ai une totale confiance en son jugement. C'est une femme d'expérience même si toutes ne furent pas heureuses : Elle en a connu, Madeleine, des boursicoteurs couchés sur elle et malheureusement trop sûrs d'eux ; des paysans qui la labouraient en lui envoyant des relents de gas-oil, des ingénieurs sans génie, des artisans mal équipés, des baptistes éjaculateurs précoces se contentant d'oindre son yoni, des jeunes et des vieux, etc.

Madeleine accepta cette ambassade à la condition de pouvoir apprécier son physique avant de donner un accord définitif. *Madame* le décrivit avec force détails et lui indiqua que les jours de soleil, il descendait de son bureau vers 10h30, allait acheter le journal l'Équipe et s'asseyait à la terrasse des Trois Petits Cochons pour parcourir le quotidien sportif. « *Inutile d'y aller un jeudi, ce jour-là, il se rend à Versailles.* » Lui dit-elle pour conclure.

Dix jours plus tard, Madeleine repéra l'avocat et le trouva tout à fait à son goût. Ce disant cela et connaissant « *les études* » qu'il effectuait avec son amie, elle se dit qu'il pourrait, en ce moment même, trouver chez elle de quoi compléter ses recherches. C'était délicieux et franchement excitant.

Pour entrer en contact avec lui, *Madame* lui avait suggéré un petit accrochage :

Lorsqu'il part pour Versailles, le jeudi matin, il semble toujours en retard et pressé. Tu le prends en chasse dès la sortie du garage et au premier feu rouge, tu tapes sa voiture, doucement bien sûr mais suffisamment pour l'obliger à sortir pour vérifier s'il y a des dégâts. De toute façon, il sera à la bourre, vous échangerez vos cartes de visite et le tour sera joué. Je prends les frais à ma charge. Sa voiture est une Porsche Carrera 4S grise, tu ne peux pas la louper, on en voit peu ; voici tout de même son numéro : 45-GSY-75. « good luck darling » !

Madeleine se débrouilla comme une cascadeuse professionnelle. Elle heurta juste assez la Porsche pour l'en faire sortir et constater qu'il n'y avait aucune marque suite au choc. Madeleine insista pour établir un constat amiable et devant son refus obstiné ils échangèrent effectivement leurs coordonnées avant de repartir chacun de leur côté. Madeleine se rendit chez *Madame* après être passée à la boulangerie acheter des croissants et c'est en prenant un café qu'elle lui raconta cette première rencontre.

Dès le lendemain matin, elle appela notre ami Franck pour s'excuser encore et lui proposer de faire réparer sa voiture. Il la remercia de son attention et l'assura qu'elle n'avait laissé aucune marque sur son véhicule.

Alors, acceptez, au moins, de venir dîner un soir. Vous savez, je suis vraiment désolée de mon étourderie… Supplia-t-elle.

Il se souvint d'un visage avenant et finit par accepter pour le mardi soir de la semaine suivante.

Bonne cuisinière et excellente maîtresse de maison, Madeleine s'organisa pour lui concocter un excellent repas sans avoir à s'absenter dans la cuisine et ainsi laisser son invité trop longtemps seul. Elle renouvela les fleurs qui commençaient à se faner. Elle hésita longuement quant à la tenue qu'elle porterait. Il lui fallait le ferrer tout en dissimulant le piège que *Madame* lui tendait par son intermédiaire. Cette pensée d'être un piège, la fit sourire. Un chemisier à peine échancré et sa longue jupe vert bouteille feraient très bien l'affaire. « *Un ou deux bijoux et ma bobine compléteront le tableau !* » Se dit-elle, amusée.

Monsieur lui fit livrer des fleurs en fin de matinée. Elle apprécia cette délicatesse et cette parfaite éducation à leur juste valeur. En disposant les roses dans deux vases, elle le revoyait penché sur son journal à la terrasse du café. Elle se sentit fondre et son envie subite de lui se manifesta très physiquement. Attendre encore plusieurs heures allait être un enfer. Après avoir avalé son déjeuner, elle partit en balade et marcha plus de trois heures avant de s'arrêter se reposer dans un salon de thé. Enfin, elle rentra : il lui fallait maintenant mettre le couvert, organiser sa cuisine, prévoir leur apéritif, prendre un bain et se préparer, se parer même.

Il arriva ponctuellement. Ils se serrèrent la main comme deux inconnus qu'ils étaient censés être et elle l'invita à entrer. Il portait un pantalon blanc et un chandail vert clair sur une chemise blanche. Le tout dans un état impeccable ce qui rassura Madeleine sur la bonne tenue de tout le reste du bonhomme. Elle lui renouvela ses plus plates excuses qu'il balaya d'un revers de manche. Il n'était pas avocat pour rien.

— Laissons cela, voulez-vous. Parlez-moi plutôt de votre plus grande passion, cela m'évitera de vous commenter la météo ou les derniers couacs gouvernementaux.

— Je ne sais pas si je vais vous intéresser avec mon attrait pour les faussaires mais avant, voudriez-vous nous servir un verre. Vous avez sur ce plateau tout ce dont je dispose.

Il fit le service comme elle le lui demandait, se rassit et l'observa attentivement. Cette femme était resplendissante et il ne l'avait même pas remarqué ce fameux jeudi matin. Il ne regrettait vraiment pas d'avoir accepté ce dîner. Il lui fit compliment de sa beauté et la relança sur les faussaires.

— Vous avez certainement déjà entendu parler de Victor Lustig qui vendit la tour Eiffel à un ferrailleur à qui il soutira, en plus, un dessous-de-table en échange de l'obtention de la Légion d'honneur. Cela se passait en 1925. Le ferrailleur n'obtint ni la tour Eiffel ni la rosette.

Plus éloigné de nous, il y a Nostradamus. Savez-vous qu'en son temps Michel de Nostradamus fut d'abord plus connu comme sexologue que comme astrologue ? En 1530, à peine diplômé de l'école de médecine de Montpellier et pauvre comme Job, il trouve très vite un moyen de s'enrichir en mettant au point un élixir d'amour. Cet élixir, dont on a hélas perdu la recette, était sûrement l'ancêtre du Viagra, en tout cas pour ce qui est de l'efficacité puisque très vite il s'arracha comme des petits pains. Devenu riche, Nostradamus ouvre un cabinet de consultation à Salon de Provence où se bousculèrent très vite tous les empêchés de la zigounette du royaume. Et c'est peut-être l'observation de tant de "lunes" qui l'a conduit à celle des étoiles !

Et vous ? Qu'elle est votre passion du moment ?

Il hésita quelques instants. Pouvait-il révéler son engouement actuel de cyprinologue en herbe. Il ne connaissait pas suffisamment son hôtesse pour évoquer un tel sujet sans apparaître impoli voire même comme un butor. Il opta pour le déni :

— En dehors d'un pseudo-accrochage avec une jolie jeune femme, ma vie ne présente guère d'intérêts…

— Mon petit doigt me dit le contraire et vos yeux lui confirment que vous ne croyez pas ce que vous me dites !

— Ah, vous, les femmes, on ne peut décidément rien cacher mais je ne sais si je peux me permettre de l'évoquer devant vous, d'apparence si frêle et si bien élevée.

— Serait-ce une coupable distraction ?

— C'est une question de point de vue.

— Je vous en prie, ne me faites pas languir ainsi.

— Je réalise une étude sur la cyprine…

— Sur quoi ?

— La cyprine vous dis-je. L'humeur de votre sexe, ses variations selon le temps ou l'heure, etc.

— Et, qu'avez-vous découvert ?

— Nous n'en sommes qu'à une ébauche mais il semble bien qu'on puisse en déterminer vos dispositions d'esprit.

— Diantre ! Comme vous y allez. Tout cela me semble bien improbable.

Madeleine connaissait parfaitement leurs premières conclusions que *Madame* ne lui avait pas cachées. Pourtant, elle faisait l'innocente pour ne pas vendre la mèche. Elle poursuivit :

— Ne seriez-vous pas, vous aussi, un escroc dans votre genre ?

— Je vous certifie que non, mais laissons cela. Voulez-vous que je vous parle de fiscalité ou bien préférez-vous que je vous narre le Bassin d'Arcachon ?

— Que nenni. Je tiens à savoir si j'ai à faire à une fripouille ou à un honnête homme.

Elle se leva, glissa ses mains sous sa jupe et se déculotta sans chichi. S'avançant vers lui, elle le défia :

— Dites-moi, ce qu'il en est de moi, ce soir.

Il se leva à son tour et en la regardant droit dans les yeux, il souleva son vêtement puis posa sa main sur l'une de ses cuisses la forçant à s'ouvrir un peu plus. Parvenant à ses fins, il glissa deux doigts et butina abondamment la coucoune offerte avant de commencer son étude.

— La matière est abondante. Une délicate odeur de cerfeuil ou de romarin, un goût d'agrume ; ce n'est ni de l'orange ni de la clémentine, plus certainement du citron mais je ne saurai dire s'il s'agit du citron jaune ou du citron vert.

Il lui remit la main entre les cuisses et la sentit frémir. Il appuya un peu plus que nécessaire et, fort de sa nouvelle collecte, il poursuivit ses commentaires :

— Vous avez beaucoup marché aujourd'hui. D'autre part, il me semble qu'il y a là comme un goût de tromperie voir d'arnaque avec, cependant, un fond de repentance comme de regret. Je me trompe ?

— C'est incroyable. Nous allons dîner.

Elle se rendit à la cuisine et prit dans le réfrigérateur deux assiettes prêtes. L'entrée se composait d'œufs mollets couchés sur de la laitue. Pendant ces quelques minutes, Madeleine réfléchissait au moyen d'expliquer « *l'arnaque* » à laquelle il venait de faire allusion dans son commentaire !

Ayant posé les assiettes, elle lui demanda :

— Voulez-vous vous laver les mains ?

— Souffrez que je garde encore un peu de votre souvenir…

— À propos de souvenir, lorsque, l'autre jour, je vous ai vu sortir de votre voiture, votre air furieux vous donnait un aspect animal qui m'a terriblement excitée ; cela n'a duré qu'une fraction de seconde mais je n'ai pu l'oublier. En vous invitant ce soir, j'y repensais avec envie. Et puis, vous avez eu la délicatesse de me faire livrer des fleurs - d'ailleurs je vous en remercie - et j'ai pensé que, au moins ce soir, la croqueuse d'hommes qui est en moi, aux dires de mes amies, devait se faire oublier. Voilà, vous savez tout.

Elle servit ensuite une fricassée de poulet fermier des Landes aux girolles. Il apprécia et la félicita.

— Merci de vos compliments. Je pense que je suis bien tombée et que vous aimez les sauces…

_Vous me taquinez, n'est-ce pas ? Parlez-moi plutôt d'une arnaque purement gratuite dont vous auriez eu vent.

— Regardez cette reproduction de tableau, là à votre droite. Il s'agit d'une pitrerie de Roland Dorgelès. Cet écrivain farceur est l'auteur, avec deux complices de la supercherie dite "toile de Boronali" : En 1910, au Salon des indépendants, un inconnu nommé Joachim-Raphaël Boronali expose une toile intitulée "*Et le soleil s'endormit sur l'Adriatique*". Elle est complètement abstraite, on ne distingue ni coucher de soleil, ni de soleil tout court, ni de mer qu'elle soit ou non Adriatique. Cependant, tout le petit monde des critiques d'art se met à disserter doctement sur l'œuvre, sur la finalité picturale, sur le rôle social de l'artiste, sur les vertus de l'abstraction… Ce n'est que plus tard que le pot aux roses sera dévoilé. Boronali est une anagramme de l'âne Aliboron, héros animalier de La Fontaine, et c'est un véritable âne prénommé Lolo et appartenant au gérant du cabaret, "le Lapin Agile" qui a peint le tableau en remuant sa queue à laquelle était attaché un pinceau et en l'agitant sur la toile. La composition eut lieu devant le cabaret en présence d'un huissier. Une mystification sympathique et formatrice, il n'y en a malheureusement pas beaucoup dans cette catégorie !

Ils retournèrent dans le coin salon pour y prendre le café. Elle lui reparla de ses travaux et se proposa spontanément d'être la troisième source.

— Me prendriez-vous pour un recruteur ? Je n'aurais pas dû vous parler de ce sujet d'apparence scabreuse.

— Au contraire, voilà un sujet très original. Il y a bien longtemps que je n'ai passé une telle soirée. Un peu libertine pour le piment et sans provocation outrancière ni précipitation comme tant de ceux de votre sexe peuvent en avoir. Je n'oublie pas non plus l'enchantement de ma cicatrice provoqué tout à l'heure par vos doigts…

Il finit par se laisser convaincre la trouvant, à tout point de vue, d'un commerce agréable.

— Dans ce cas, au moins pour un certain temps, je ne vois aucun intérêt à vous joindre aux deux premières, par contre pousser les recherches avec vous dans des lieux divers et insolites me paraît plus opportun. Qu'en dites-vous ?

— Ce sera avec plaisir. Quand et par où commençons-nous ?

— Au rayon lingerie des Galeries Lafayette, samedi à 16h ?

— Parfait. Lafayette fait un peu farfouillette, c'est un bon début.

— Donnons-nous rendez-vous au bar « Les Vosges » juste à côté. Maintenant, je dois vous quitter, demain j'ai une importante journée de travail.

Elle se leva et s'approcha de lui à le toucher.

— Voudriez-vous me dire si, à cette heure, je suis encore dans l'arnaque ou de plus en plus dans la repentance ; ce sera un excellent moyen de me dire bonsoir.

Alors qu'elle soulevait sa jupe à mi-cuisse, il glissa sa main droite vers elle, s'arrêta à l'entrée de son mystère qu'il massa doucement et longtemps puis remontant entre ses lèvres il en fit doucement le parcours recueillant son jus avec attention ; enfin, il s'arrêta un peu plus haut, chercha son monticule qu'il flatta gentiment. Madeleine respirait lentement et enregistrait tout ce qu'elle ressentait tout en en profitant pleinement. Il lui dit seulement :

— La tromperie n'est plus dominante mais toujours bien présente ; je goûte aussi votre complaisance à notre projet et je m'en réjouis. Merci pour cet excellent dîner et cette délicieuse soirée. À samedi.

Le lendemain matin, *Madame* attendait impatiemment des nouvelles de son amie Madeleine qui ne venaient pas. N'y tenant plus, vers 11 heures elle décrocha son téléphone.

— Allô, ma chérie ? Pourquoi ne m'as-tu pas encore appelée ? Ne me dit pas qu'il gîte encore dans tes draps et que vous poursuivez hardiment vos galipettes !

— Non, il n'est plus chez-moi. En tout cas, merci de me l'avoir fait rencontrer c'est, en tout point, un véritable gentilhomme.

— D'accord. Mais dis-m'en plus. Est-il bien membré ? S'en sert-il convenablement ?

— Mais cesse de m'interrompre. Ton empressement est déplacé. Nous ne sommes pas des bêtes. Nous avions décidé d'échanger de sages propos sur nos propres passions pour éviter les discussions ordinaires. Je lui ai parlé des faussaires et des arnaques et lui, à peine gêné, m'a raconté l'objet de vos rencontres. Tu penses bien que j'ai sauté sur l'occasion pour entamer mon approche.

— Et alors ?

— Et bien, je lui ai proposé une épreuve en me disant sceptique.

— Il t'a donc doigté la foufounette...

— Exactement et, tu me croiras ou pas, il a ressenti notre manège qu'il a qualifié d'arnaque ou tromperie. J'en étais stupéfaite.

— Comment t'en es-tu sortie ?

— Je lui ai dit qu'initialement, je voulais le croquer tout cru et que ses fleurs, livrées à la mi-journée, le souvenir fugace que j'avais de lui m'avaient fait changer d'avis.

— Passe-moi les détails, tu veux. Venons-en au fait !

— Il n'y a pas de détail. Dès que j'ai senti sa main sur ma cuisse, j'ai su qu'il ferait de moi ce qu'il voudrait et que cela prendrait du temps mais que ce serait du très bon temps.

— C'est vrai qu'il est charmant et charmeur mais je croyais que tu étais une vraie professionnelle or tu te révèles comme une amatrice. Quand le revois-tu ?

— Samedi après-midi.

— Alors, je compte sur toi. Et, cette fois-ci pense à m'appeler !

Ils se retrouvèrent, comme convenu, et se saluèrent en échangeant un chaste baiser sur les lèvres. Elle s'était habillée compte tenu des circonstances pour ne pas encombrer les cabines d'essayage. Arrivés aux Galeries Lafayette, ils se rendirent directement au rayon choisi et Madeleine sélectionna une brassée de sous-vêtements. Lorsqu'elle eut passé le premier, elle l'appela :

— Chéri ? (Il fallait bien donner le change au personnel)

Il entra dans la cabine et la trouva de dos. Il s'assit sur l'unique tabouret.

— Qu'en pensez-vous ?

— Ce modèle enveloppe parfaitement vos jumelles mais sa couleur criarde ne leur convient absolument pas.

— Voulez-vous que je me retourne ?

— Inutile. Passez-en un autre.

Il assista en voyeur à son bref déshabillage puis à l'essai du modèle suivant. Là, elle se retourna vers lui.

— Que dîtes-vous de cette proposition qui vous faciliterait grandement l'accès à mes humeurs ?

Le slip était ouvert sur « *l'origine du monde* ».

— C'est tristement ambigu. On dirait une synthèse du Parti Socialiste au soir d'un congrès pernicieux. Ou bien vous avez une protection ou vous n'en avez pas. Rejetons cette combine, voulez-vous.

Elle se défit, apparemment contrariée. Il jugea le moment idoine et se leva. Elle comprit vite et s'offrit à sa main. Il lui refit le manège de la veille : il mutina son énigme, traversa lentement ses nymphes, massa passionnément son bourgeon et lui glissa à l'oreille :

— Bonjour, ma chère Diane. Prenons les autres modèles, je vous les offre. Je vous attends à la caisse.

Après avoir réglé leurs achats, ils sortirent et il lui prit le bras. Allons maintenant dans un magasin ultra chic. Votre tromperie semble vous avoir quitté, j'en suis ravi.

Là, elle essaya deux tenues l'une assez sexy et la deuxième fort sage. Ils les prirent toutes les deux. Le luxe à du bon se disait-il. Elle était enchantée de se faire offrir des dessous qu'il choisissait avec elle. Avant qu'elle ne remette ses vêtements, il la goûta une seconde fois.

— Allons prendre une collation maintenant, je meure de soif. Aujourd'hui, vos sucs sont salés.

Alors qu'ils étaient attablés dans un bistrot, elle l'interrogeait du regard, la fourberie serait-elle revenue ? Il le lui confirma.

— Elle va et vient insidieusement. Vous vous confierez lorsque vous le jugerez bon. Je vous appelle dès qu'un rayon de soleil s'annoncera un week-end. Vous viendrez chez moi. Merci pour ce délicieux après-midi. Au revoir.

Madeleine resta à sa place comme s'il était encore avec elle. Que se passe-t-il ? S'interrogeait-elle. La douce emprise qu'il exerce sur moi, je lui en ai donné le droit dès le premier regard. Il sait ne pas en abuser. Il me fait mourir d'envie mais il le fait bien. Et pourtant, il m'entraîne sur des chemins inconnus et je m'attache à lui. Voilà bien le *mâle,* il m'attache ce bonhomme !

Vas-y, mon chéri. Ligote-moi, ligotons-nous. Toi, tu ne seras pas croqué. Il fallait bien une exception pour confirmer la règle. Elle sourit. Plus exactement, elle lui sourit comme s'il demeurait toujours en face d'elle.

Dix jours plus tard, il lui téléphona pour l'inviter.

— Dimanche prochain sera ensoleillé. Venez me retrouver vers dix heures avec vos achats et des croissants. Vous m'offrirez un défilé et nous nommerons vos tenues. Ensuite, je vous invite à déjeuner à Vincennes. Nous parierons et vous me direz si le suspens peut être, lui aussi, détecté de la façon que vous savez. Je vous embrasse.

C'est ainsi qu'ils se retrouvèrent autour d'une tasse de café. Il avait disposé sur la table de délicieuses confitures qu'il avait manifestement achetées pour l'occasion. Dans le salon, au bord de la baie vitrée, il avait disposé deux psychés quasiment face à face.

— Vous glisserez entre-elles pour mieux vous mirer. Je vais faire quelques photos et je vous adresserai les meilleures ; ainsi vous pourrez me dire précisément quelle tenue vous revêt et je vous imaginerai. Commençons par celle que, sans discussion, nous appellerons « *Ève*».

Alors, parfaitement consentante, elle se fit chatte et entama un joyeux strip-tease. Une fois entièrement nue, elle se plaça entre les deux miroirs et s'offrit à son objectif. Elle jouait avec les rayons du soleil de même qu'avec son ombre. Il la trouva fort belle et oh combien désirable. Puis, elle enfila le premier ensemble de sous-vêtements qu'ils nommèrent *« Victoire ».* Il y eut ensuite, après parfois bien des hésitations : « *Sauvageonne* », « *Coquette* » « *Chipie »* et « *Tentation ».*

Maintenant, il leur fallait filer vers Vincennes. Dans le taxi, tout en se serrant contre lui, elle lui fit observer qu'il ne lui avait pas encore dit *bonjour* comme il en avait pris l'habitude.

— Mes yeux ne vous ont-ils pas dévorée toute entière ? Mes mains en sont restés paralysées ; comment auraient-elles pu venir vous saluer convenablement ?

Arrivée à l'hippodrome, ils se dirigèrent vers le restaurant panoramique « Le Prestige » où il avait réservé une table. Grâce à ses relations, ils se trouvaient fort bien placés. La fin d'une course les occupa un instant. Ce fut ensuite le serveur qui venait prendre leur commande. On leur apporta un apéritif. Madeleine l'observait amoureusement et elle sentait que son aumônière suivait ses sentiments. Elle attendit que tout se mit en place, qu'il fussent servis pour interroger son ami.

— Quand aurais-je l'heur de vous connaître ? J'admets que l'attente est délectable mais mon ventre est vide et cri sa faim de vous. Je vous en prie, nourrissez-le vite de peur qu'il ne dépérisse.

— Ma chère Diane, quelques jours de jeûne ravivent nos sens et nous rajeunissent le teint. Il y va de votre santé comme de la mienne et si votre devant est impétueux calmez-le en lui assurant que le loup ne tardera plus.

— Est-ce vrai ? Oh, mon amour !

— Chute. N'en dites rien. Regardez plutôt vers la piste, voyez le trois, il va finir en tête, c'est certain.

Au retour, lorsque le taxi stoppa à l'adresse de Madeleine, celle-ci se demandait s'il allait la quitter ainsi, bêtement. Mais non. Il régla la course et l'accompagna jusqu'à son appartement.

— Si je n'ai pu vous dire « *bonjour* » comme vous le souhaitiez, je vais au moins vous dire « *bonsoir* ».

Arrivée chez elle, il refusa le dernier verre et s'enquit de la déculotter comme il savait maintenant le faire. Après avoir enfouit son visage dans son butin en tissu, il partit d'une main à la chasse au trésor. Il salua comme il convient l'entrée de Madeleine, fit mine d'apaiser sa cicatrice et termina sa course sur son berlingot. Il s'y attarda plus que de coutume. Elle s'en étonna avant de comprendre qu'il désirait probablement lui verser un acompte ; alors elle se détendit et profita pleinement des sensations que ses doigts lui procuraient. Lorsqu'elle se mit à jouir, elle tomba dans ses bras, il la recueillit et alla l'étendre délicatement sur son lit avant de littéralement s'enfuir.

Corfou

Il lui téléphona trois jours plus tard, lui demandant d'abord s'il la réveillait.

— Absolument pas, je petit-déjeune.

— J'aimerai tant être le pain que vous prenez dans vos mains, la bouchée que vous croquez… Quelle tenue comptez-vous mettre aujourd'hui ?

— Je l'ignore encore, auriez-vous une suggestion à me faire ?

— Rappelez-moi lorsque vous serez en tenue d'Ève, cela m'inspirera.

Lorsqu'elle le joignit, complètement nue, il lui suggéra « *Coquette* » et lui confia :

— J'ai trouvé l'endroit où je vous aimerai…

— Super ! Où est-ce ?

— Ce sera une surprise.

— Ai-je au moins le droit de deviner, de poser des questions, me donnerez-vous des indices ?

— Laissez-moi la joie de vous ravir !

Ils se téléphonèrent ainsi pendant plus de trois semaines. Un matin, elle l'interrogeait prétextant une forte hésitation entre « *Sauvageonne* » et « *Chipie* ». En plein après-midi, il lui demandait ce qu'elle portait. Rentré chez-lui, il lui demandait d'enfiler « *Tentation* » en lui décrivant toutes les phases depuis l'effeuillage jusqu'à ce qu'elle fût finalement à nouveau protégée. Enfin, un soir, il l'interrogea sur ses disponibilités.

— Pour vous, elles sont immédiates et totales ! J'attends nos trouvailles avec tellement d'impatience ; vous le savez d'ailleurs très bien.

— Dans ce cas, nous partons dans cinq jours pour une grosse semaine.

— Où ?

— Secret défense.

— Mais comment voulez-vous que je prépare mes bagages ?

— Douteriez-vous que ce sera chaud entre nous ? Alors prévoyez léger en plus d'une tenue de soirée à laquelle vous me verrez en habit.

— Tiens donc.

— Évidemment, je compte bien vous emmener au théâtre, vous faire la comédie et même mon cinéma ; vous me verrez entrer dans l'arène et faire le cirque ; vous-même monterez sur la scène et serez pour moi seul le clou du spectacle ; vous danserez, unique tableau de la représentation et votre exhibition m'enchantera, vous si charmante comédienne.

Soyez époustouflante, je tenterai d'être détonnant. N'emportez avec vous aucun souvenir; moi-même je me ferai candide. Nous serons innocents ; même éphémère, ce sera notre histoire et nous la croirons éternelle.

Emporter vos appâts, je prends ma ligne et, ensemble, nous irons pêcher.

— Je vous montrerai la lune et vous m'emmènerez au septième ciel en me jouant de la trompette et du cor. Vous ôterez mes parures et moi, je vous porterai aux nues. Vous serez fougueux et moi pétulante ; vous me comblerez, je vous gâterai. Je vous imagine en Adam et vous espère ardent.

— Cherchez-vous à m'empêcher de dormir ?

— Ne serait-ce pas vous qui avez commencé ?

— Acquittez-moi. Je vous en supplie !

— Je vous quitte mais c'est dur…

— À qui le dites-vous !

Lorsqu'elle apprit que l'heure du déduit était venue et que Madeleine lui ferait un rapport complet dans une quinzaine de jours, *Madame* s'écria :

— Enfin ! Vous en avez mis du temps pour vous décider. On ne pourra pas dire qu'il t'a sautée sans crier gare ni que tu te sois jeté dessus dès la première seconde. Mais pourquoi dans deux semaines ? Il est vraiment difficile de vous suivre.

— Tu n'y es pas ma chérie. Il m'enlève huit jours pour une destination inconnue. Il me kidnappe et cela me réjouit. Il veut un festival et non point de mascarade, c'est un chevalier non point un cavaleur. Ses yeux me fascinent, son charme m'ensorcelle. Mon corps l'attire et il veut le savourer, le déguster entièrement. Tu m'as fait là un beau cadeau !

— Que tu vas finir par me faire regretter. J'ai été sotte de ne pas m'offrir totalement. Mais ses manières, avec moi, sont si délicieuses que je voulais que cela ne finisse jamais. Malgré cela, je suis heureuse pour toi. N'oublie pas de m'envoyer des cartes postales !

— Qui n'arriveront qu'après mon retour…

— Tant pis. Au moins tu penseras un peu à moi.

Madeleine mit à profit les quatre jours dont elle disposait pour se préparer. Elle vérifia le niveau de ses parfums, choisit les bijoux qu'elle porterait accompagnant ses diverses tenues au gré des circonstances. Elle s'épila méticuleusement. Se précipita chez le coiffeur et la manucure qui la trouvèrent toute émoustillée. Elle acheta trois maillots de bain et des serviettes éponge assorties. Elle passait des heures devant sa glace vérifiant qu'elle fut toujours parfaite, séduisante et désirable y compris et surtout lorsqu'elle se retrouvait nue. Il lui arrivait d'en rougir. Elle pensait à ses doigts qu'elle commençait à bien connaître ; imaginait sa virilité que parfois elle croyait ressentir en elle. La jeune femme jubilait.

« Ah, qu'il m'emmène où il veut, à Venise ou Limoges, Florence ou Carpentras, Capri ou Cappy, à Rome, Madrid, Londres, Berlin ou mieux, Bruxelles, mais qu'il m'y mène ! »

De son côté, lui n'était pas en reste. Madeleine l'avait subjugué. Il avait dû prendre sur lui pour ne pas se la faire sur le champ. Son inconscient ne lui avait inspiré ni prudence ni sagesse mais les délices de la patience. Sentir la douce montée du désir puis la retenue volontaire ; le jeu du chat et de la souris, avec elle comme avec lui-même. Combien de fois l'avait-elle fait bicher jusqu'à faire souffrir son fricotin. C'en était délicieux. De plus en plus souvent, il visionnait les photos qu'il avait d'elle. Son minou caressé par un rayon de soleil, ses fesses souriantes visibles grâce aux psychés. « *Tentation* » lui plaisait bien mais *« Chipie »* l'éprouvait.

Il lui avait annoncé qu'il passerait la prendre à huit heures après un ultime café parisien qu'elle serait gentille de lui offrir. Elle avait cherché à en savoir plus mais il s'y était refusé même quand à l'heure du vol craignant sans doute qu'elle cherchât sur Internet les vols correspondant à l'horaire qu'il lui aurait indiqué. La veille, elle remit sa tenue de voyage pour vérifier qu'elle lui allait bien et qu'elle commencerait à échauffer son compagnon. Elle fut satisfaite.

En arrivant chez elle le jour J à l'heure H, il s'avança vers elle pour l'embrasser. Alors que leurs lèvres allaient se joindre, il glissa son doigt entre elles :

— Notre Ramadan se termine ce soir ma chère…

— Décidément, vous êtes insupportable.

Il lui prit la main et la fit tourner sur elle-même pour l'admirer. Elle n'attendait que ça et, se libérant, elle se mit à tourbillonner devant lui de plus en plus vite. Sa jupe légère et volante dévoilait à ses yeux jusqu'au haut de ses cuisses et il reconnut les dessous qu'elle portait, c'était certainement « *Chipie* ». Comme sa jupe, son débardeur blanc était un Chanel qui lui allait à ravir mettant en valeur une belle et raisonnable poitrine. Il la félicita.

Lui, portait une élégante tenue de golf mais sans casquette. Elle le regarda longuement fondant devant lui comme une glace en plein soleil. Il en profita pour s'émerveiller de sa beauté ; même sans être nue, elle était fort désirable. L'odeur du café les sortit de leurs rêves.

Dans le taxi qui les conduisait à l'aéroport de Roissy, ils jouèrent aux devinettes au sujet de leur destination :

— C’est en Europe ?

— Exact.

— Florence ?

— Vous vous prénommez Madeleine, alors à Florence, il me semblerait que je vous trompe.

— Venise alors ?

— Trop banal.

— Italie, tout de même ?

— Non. Pourquoi cet a priori.

— Je vois. C’est Madrid. Monsieur Franck Despagne m’emmène chez lui.

— Perdu.

— Un indice, please.

— Un et un seul : je suis fou de ton corps, ma chère Aphrodite.

— Serait-ce en Grèce ?

— Voilà un bon début.

— J’y suis : Corfou ! L’île de Corfou. Quelle merveille. Merci.

De joie, de bonheur, elle voulut l’embrasser. Il la retint.

— N’oubliez pas le saoum, ma belle déesse…

Elle prit sa main :

— Je suis si heureuse ! Vous me comblez. Je crois que je n’ai jamais connu un tel enchantement. À propos de saoum, me voilerez-vous un jour ?

— Cacher la beauté féminine est un vol. Couvre-t-on les roses à peine écloses ou lorsqu’elles s’épanouissent ? Le voile n’est fait que pour être enlevé, il n’a de mérite que s’il est impudique, diaphane et réservé à l’intimité. Si cela vous plaît, je vous en choisirai un et vous m’accueillerez seulement vêtue de lui ; pour le reste, rassurez-vous, je ne suis pas un maton.

Alors qu’ils attendaient leur tour pour l’enregistrement de leurs bagages, il lui annonça la halte qu'ils feraient à Athènes :

— Nous y arriverons à 14h25 et nous disposerons de deux petites heures. Un taxi nous conduira à L'Agora romaine puis à l'Acropole. Ces ruines valoriseront votre éclatante jeunesse.

— Cherchez-vous encore à me séduire ? Il y a longtemps que vous y êtes parvenu, mon beau charmeur, mon Apollon. Décidément, votre jeûne contrarie les élans qui me poussent vers vos bras. J'aimerais tant m'y blottir.

— Vous ne feriez tout de même pas un scandale ?

— J'en meurs pourtant d'envie.

— Alors gardez votre appétit encore quelques heures.

C'est lorsqu'ils furent au-dessus de la Méditerranée, après avoir survolé les eaux territoriales françaises qu'il lui proposa de se tutoyer.

— Tutoyer ou tuyauter ? Je n'ai pas bien compris.

— Commençons par l'un puis après ce sera l'autre et enfin, nous nous tutoierons aussi lorsque nous nous tuyauterons.

N'ayant droit, pour le moment, qu'à cela, elle prit sa main, la serra très fort et lui glissa à l'oreille :

— Je t'aime.

Après le champagne, on leur servit un repas tout à fait convenable. Les quatre heures de vol passèrent vite. Arrivés à Athènes, ils se précipitèrent vers le taxi qui les attendait. Circuler dans Athènes s'avérait être un véritable sport. Les Grecs aiment se garer en double file ; Les deux-roues casse-cou apportent leur lot de sueurs froides ; étonnamment, aux ronds-points on laisse la priorité à droite ! Madeleine n'en revenait pas, son ami s'en amusait. Ils firent la visite des célèbres ruines main dans la main comme deux frère et sœur. Il se félicita qu'elle n'ait pas les mains moites. Ils refusèrent d'être photographiés au pied des merveilles ; ils n'étaient pas de vulgaires touristes mais des amateurs d'art, de tous les arts.

Le rafraîchissement qu'on leur servit dans le vol vers leur destination finale fut le bien venu. Ils arrivèrent enfin à l'hôtel où il avait réservé la suite N° 69. Réalisant cela, Madeleine lui adressa un sourire canaille.

Installe-toi confortablement et repose-toi ; moi, je vais faire un tour. Lui dit-il.

Après avoir défait ses valises et vérifié sa tenue de gala, elle s'allongea et somnola en profitant pleinement de son bonheur présent. Quant à lui, il parcourut les jardins en pensant à tout sauf à elle ; il lui fallait tenir jusqu'à ce soir et c'était une véritable gageure.

Ils avaient décidé de jouer à cache-cache. Vers 19h, il revint la déloger pour prendre une douche et se mettre en tenue. Elle rejoignit l'une des terrasses de l'hôtel. Les magazines n'arrivaient pas à la distraire ; ses pensées étaient sous la douche avec lui. Enfin, à la demande de son ami, un serveur vint lui annoncer que sa chambre était libre. Elle s'y précipita pour se parer tout en constatant que le soleil ne semblait toujours pas déterminé à se coucher.

Le beau Franck s'installa dans le parc où on lui servit un whisky. Lui aussi eut du mal à se concentrer sur la presse du jour qu'il avait empruntée dans le hall. Il portait un habit noir sur une chemise blanche dont les manches étaient fermées par des boutons de manchettes Dior. Son nœud papillon, noir également, était impeccable. Il s'y était repris plusieurs fois pensant trop à sa soirée. Ses cheveux, très bruns, se trouvaient à la plus parfaite des longueurs. Plutôt courts mais pas coupés de la veille, ils lui donnaient un air de petit garçon. Ils descendaient à peine sur ses oreilles parfaitement collées. Son large front lui faisait un air intelligent, son nez n'avait rien de juif, Dieu merci, car il aurait fait du tort à sa petite bouche. Enfin, son sourire des plus naturels le rendait attirant. Quand à ses yeux bleus, tantôt il en jouait pour charmer et il gagnait presque à tous les coups, tantôt, il les faisait laser comme pour éliminer l'adversaire. Ce soir, ils seraient exclusivement mais aussi terriblement charmeurs.

Messieurs, vous auriez dû être là, avec lui, pour la voir arriver. Avec quelle grâce elle descendit les marches du perron ! Resplendissante comme une princesse, délicate comme une rose, fragile comme le cristal. Il s'avança à sa rencontre et lui fit un baisemain royal.

— Te voilà encore plus flamboyante que d'habitude ce qui n'est pas peu dire.

— Merci. Ton baisemain arrive avant le coucher de l'astre roi. J'espère que ce n'est qu'un début…

— C'est un salut autorisé, ma chérie… Je suis heureux de te voir dans de telles dispositions.

On leur apporta un cocktail maison pour elle et un autre whisky pour lui accompagnés de nombreux toasts. Lorsqu'ils furent à nouveau seuls, elle reprit :

— Je n'ai jamais tant souhaité qu'aujourd'hui que Phébus nous quitte rapidement.

— Et moi donc.

— Toi, tu connais déjà un peu Marie-Charlotte…

— Non. Qui est-ce ?

— C'est ainsi que je nomme mon amande.

— Charmant.

— Côté pile, tu as aperçu Luna et Pipa, mes jumelles, et je t'ai vu sourire en regardant mes deux frérots : Bernard et Jean-Louis. Rappelle-toi que sous le regard du soleil je ne t'ai rien caché de ma personne.

— Certes, mais seuls deux de mes doigts ont eu l'heur de saluer, bien timidement, Marie-Charlotte. Mes mains ne connaissent que Luna et Pipa et encore ! Il est vrai que mes yeux ont eu droit à tes magnifiques seins comme à tout ton corps qui me rend fou depuis si longtemps. Il n'en demeure pas moins que ma bouche est sèche de jalousie et d'impatience, mes mains sont sur les starting-blocks…

— Comprends mon impatience à te connaître vraiment. Ta belle tête de vainqueur dissimule-t-elle un minable et orgueilleux zozio que nous appellerions dans ce cas Artaban ou ton fleuret est-il à la hauteur de ta belle gueule pour qu'on puisse l'appeler d'Artagnan ?

— Tu choisiras toi-même sa dénomination ; je te fais juge. Et, puisse que nous y sommes, que proposes-tu pour mon arrière-train ?

— Elles me semblent plutôt petites. Pourquoi pas Miche et Micheline. Par contre si elles sont jalouses l'une de l'autre et fâchées nous les surnommerons Ségolène et Valérie…

Tout en dialoguant avec elle, il l'admirait de haut en bas. Ses cheveux, abondants et coupés court, artistiquement gonflés couvraient une tête de poupée de porcelaine et tombaient sur de petites oreilles légèrement décollées. Elle aussi avait un large front surplombant des yeux noisette protégés par des sourcils parfaits. Son petit nez dominait une bouche délicate laissant voir, dès qu'elle souriait, de ravissantes petites quenottes. Son cou gracile ajoutait sa note à son apparente fragilité. Un collier de diamants l'entourait avant de laisser comme un fil de pierreries terminé par une goutte de nacre descendre vers son buste. Son bras droit portait un bracelet de même facture. L'arrondi de ses épaules découvertes appelait la caresse mais uniquement celle de gens bien élevés. Sa robe bustier de taffetas blanc descendait jusqu'à des escarpins de même couleur. Ses bras déliés, ses mains graciles et ses doigts effilés terminaient ce florilège.

Il y avait chez-elle de l'élégance, de la fraîcheur, une indéniable grâce, une forme de majesté, une réelle noblesse, du piquant aussi ; Elle se faisait enjôleuse et avait, elle aussi, un sourire séducteur et discrètement polisson. Son visage accusait parfois une forme de retenue mais reflétait sans cesse la bonté.

— Beauté divine ; voilà ton nom ma chérie ! Lui dit-il en se levant pour lui prendre la main et la guider vers le restaurant de l'hôtel ;

— Le soleil nous a quitté mon amour. Prends-moi dans tes bras. Que notre fête commence.

Ils s'embrassèrent à ne plus.

À table, ils furent tout à fait sages au moins en apparence. Lui voulait qu'elle lui donne des nouvelles de Luna et Pipa pour savoir si elles étaient bien installées. Elle s'inquiétait de l'état de son zozio s'excusant de ne pas pouvoir encore le nommer plus dignement.

— Marie-Charlotte n'a pas encore compris que nous en étions arrivés au grand soir, elle réclame tes doigts.

— Mes yeux disent à mes mains qu'elles pourront bientôt faire connaissance avec Bernard et Jean-Louis et elles leur répondent qu'elles ne s'arrêteront pas seulement à tes seins mais escaladeront tous tes escarpements, toutes tes courbes et ouvriront des voies non encore explorées. Tu ne m'as même pas dit ce que tu portais ce soir. J'hésite entre « *Tentation* » et « *Victoire* ».

— Tu ne le sauras que ce soir, à mon tour de te faire poiroter. Parle-moi plutôt de fiscalité sinon, je vais inonder mon fauteuil !

Dans l'ascenseur qui les conduisait à leur étage, ils se picorèrent les lèvres et s'en amusèrent. Arrivés dans la suite 69, ils se jetèrent dans les bras l'un de l'autre et s'embrasèrent goulûment ; leur fougue était telle qu'ils auraient pu se faire mal. Sans attendre aucune autorisation, ils jouèrent sur leurs corps une valse à quatre mains. Lorsqu'il commença à remonter sa robe, elle l'arrêta.

— Moi d'abord. Je te déshabille. Tu as eu un acompte. Tu m'as déjà regardée nue. À mon tour.

— Laisse juste à mes mains le droit de deviner quelle tenue enferme des petites fesses Luna et Pipa.

— D'accord, mais alors dans le noir.

Ils diminuèrent l'intensité de l'éclairage jusqu'à la quasi-obscurité. Elle se colla impudiquement à lui qui remontait sa robe et plaquait ses mains sur ses formes avant de les flatter en tâtonnant.

— J'hésite…

— Dis plutôt que tu en profites.

— « Victoire » J'opte pour « Victoire »

— Tu as gagné, beau joueur. À moi. Je remonterai un peu la lumière à chaque vêtement dont je t'aurai débarrassé.

Elle commença par lui caresser le visage avec ses longs doigts avant de descendre vers son cou comme le ferait une aveugle puis elle atteignit son nœud papillon qu'elle dénoua et augmenta un tout petit peu l'éclairage. Elle posa ses mains sur son buste qu'elle flatta doucement courbant parfois ses doigts pour qu'il sente ses ongles glisser sur sa poitrine ; elle le faisait surtout lorsqu'elle devinait sous la chemise ses minuscules tétons de mâle. Son pubis restait collé au zozio de son ami qu'il excitait comme s'il avait besoin de cela pour être en forme. Madeleine avait trop attendu ce moment pour ne pas le faire durer. De la poitrine, elle passa à son dos qu'elle parcourut en tous sens ; après être remontée sur son cou elle descendit sa colonne vertébrale et fit mine de s'immiscer plus bas ; elle remonta vers ses omoplates qu'elle ausculta minutieusement puis, revenant côté face, elle lui enleva sa veste. Elle le laissa ainsi le temps de placer l'habit sur un cintre et d'intensifier un peu l'éclairage. En restant cette fois à bonne distance, Madeleine lui prit la main droite et défit son bouton de manchette et fit de même pour la main gauche.

Alors qu'elle commençait à déboutonner le haut de sa chemise, il lui fit observer qu'elle n'avait pas modifié la lumière ; elle le fit avant de revenir à sa tâche. Elle s'était à nouveau amarrée à lui et faisait danser Marie-Charlotte. Après avoir vaincu quatre boutons de sa chemise elle écarta un pan pour découvrir un sein comme un homme l'aurait fait à une femme. Elle commença par le titiller des doigts et constata, ravie qu'il y était sensible ; finalement, elle se pencha pour embrasser son téton, pour le mordiller. Elle fut heureuse de sentir, par le truchement de zozio qu'il réagissait. Elle accorda au jumeau le même traitement avant de défaire les 3 boutons restants et d'écarter le tissu. Elle recula d'un pas pour admirer sa découverte avant de lancer ses mains pour lui peloter les seins. Cela le fit sourire. C'était inattendu et délicieux. La chemise disparue, elle força un peu sur l'éclairage et le fit pivoter sur lui-même en sifflotant d'admiration. Alors, elle se réfugia dans ses bras comme si elle avait besoin d'une pause et posa sa tête sur sa poitrine. Elle lui parla doucement d'amour, de beauté, de tendresse, il ne savait pas trop, occupé qu'il était à jouir du moment présent tout en cherchant à calmer ses ardeurs. Quand il entendit : « *le plus dur reste à faire* », il sortit de sa torpeur.

Madeleine s'agenouilla à ses pieds en seiza et pencha la tête comme si elle se recueillait un instant. Après quelques secondes, elle se redressa, enlaça l'une de ses chevilles et il comprit qu'elle souhaitait le déchausser ; il manifesta une certaine bonne volonté de même que pour ses fines chaussettes. Il évita d'observer qu'elle omettait la lumière évitant ainsi qu'elle ait à se relever après chaque chaussure, après chaque chaussette. Avant de se relever, elle lui massa les chevilles, monta vers ses mollets avant de redescendre lui chatouiller la plante des pieds. Il était au supplice et il adorait ça. Avec souplesse, elle se releva majestueusement. Elle le regarda tendrement dans les yeux et sans quitter son regard attaqua sa ceinture qu'elle défit promptement. Toujours le fixant, elle fit mine d'être débutante et tâtonna entre sa peau et son pantalon comme si elle en cherchait les attaches. Lorsque celles-ci furent défaites, elle s'aventura vers ses fesses, Miche et Micheline, elle en fit une courte évaluation avant de descendre le pantalon. Cette fois, elle s'agenouilla droite pour le débarrasser. Maintenant, ses yeux fixait la bosse formée par zozio qu'elle baptisa d'Artagnan avant même de l'avoir vu. Elle en savait assez pour le débaptiser. Avec la même aisance elle se releva, remit le pantalon dans ses plis et le posa délicatement sur la veste avant de donner encore plus de lumière. L'expression « *faire durer le plaisir* » prenait ici tout son sens. Elle le contourna pour se retrouver derrière lui; alors, elle enfouit ses mains dans son slip à la recherche de Miche et Micheline qu'elle salua de la main comme il convenait à quelqu'un respectueux des convenances. Elle libéra les deux sœurs et il sentit ses mains venir flâner sur son ventre et même un doigt lui titiller le nombril. Il était au supplice et regrettait déjà que cela se termine bientôt. Après un nouveau salut à son buste, elle descendit et s'aventura dans la volière avant d'enfermer l'oiseau dans ses mains comme si elle l'imaginait s'échappant. Elle lui accorda des amabilités tout en pressant Marie-Charlotte sur ses consœurs Miche et Micheline. Ces premières douceurs accordées mais aussi ses premiers relevés topographiques terminés, elle finit de le mettre nu.

Madeleine riait de bonheur. Elle se blottissait dans ses bras se faisant câline avant de s'agiter et de devenir enjôleuse. Elle avait toujours son caleçon en main et c'est les yeux dans les yeux qu'elle le porta au visage comme elle l'avait vu faire de nombreuses fois avec ses culottes à elle. Il la laissa jouer ainsi avec lui. Puis, n'y tenant plus, il la serra fort dans ses bras et d'Artagnan répondit aux avances de Marie-Charlotte. Ses mains partirent à la recherche de Luna et Pipa qu'il compressa vivement tant il était sur des charbons ardents. Il lui ôta rapidement son slip « *Victoire* » tout en rendant hommage à ses cuisses mais sans déranger sa figue déjà fort occupée. D'ailleurs, il n'aurait pu passer sa main entre leurs bas-ventres. Il lui laissa ses bijoux et, passant derrière elle, s'attaqua à sa robe qu'il déboutonna méticuleusement. Lorsqu'il vit sa bretelle de soutien-gorge, il la dégrafa avant de taquiner le haut de sa colonne vertébrale. Il fit mine de s'avancer vers Bernard et Jean-Louis mais les abandonna vite ce qu'ils regrettèrent beaucoup. Il continua à la déboutonner puis remonta le vêtement pour le lui enlever. Toujours dans son dos, il n'eut qu'un mouvement à faire pour libérer ses seins qu'il continua à snober. Elle ne portait plus que ses diams et ses escarpins. Il l'admira ainsi comme il l'avait fait chez lui à Paris sous le soleil et face aux miroirs. Le satin de ses fesses l'attirait tant qu'il autorisa ses mains à y retourner. Celles-ci se firent câlines et efficaces. Il eut du mal à retenir ses doigts qui souhaitaient partir vers d'autres explorations. Conservant Pipa enfermée dans une main, il fit le tour de la belle avant de reculer pour la contempler tout entière. Elle ne bougea pas d'un cil pour le laisser à son contentement ; de ses yeux à peine baissés elle contemplait son membre avec envie. Lorsque soudain, il s'approcha d'elle à nouveau, ses menottes s'emparèrent l'une de Bernard l'autre de Jean-Louis. Sa bouche les libéra pour à son tour saluer ses tétons devenus droits comme des I. Leurs sexes se cherchaient. Il fallait en finir et consommer.

Madeleine s'écarta à peine, lança ses escarpins au beau milieu de la chambre et s'allongea sur le lit en lui tendant les bras. Il s'y précipita. Leur étreinte devint violente ; n'y tenant plus, il frappa à la porte et entendit « *entrez* » ; dans l'entrebâillement, il passa la tête avant d'entrer pas à pas non point qu'il fût méfiant ou trop prudent mais seulement pour prolonger de quelques fractions de secondes son bonheur de conquérant. Il revint plusieurs fois en arrière comme pour avoir une vue d'ensemble puis accéléra subitement comme s'il était pris de frénésie. C'est lorsqu'elle referma ses jambes sur lui qu'il lui donna le meilleur de lui-même. Il s'allongea sur elle, l'embrassa alors qu'elle l'enfermait aussi de ses bras puis posa sa tête sur son épaule. Ils restèrent ainsi le temps nécessaire pour profiter l'un de l'autre et il ne nous appartient pas de le quantifier. Lorsqu'il commença à caresser « *Bernard* » elle sentit vite qu'il reprenait forme en elle. Elle ouvrit ses bras et ses jambes le libérant de son étreinte. Elle s'abandonna totalement se laissant guider par son amant. Il fit preuve de vigueur autant que de tendresse la besognant avec adresse jusqu'à ce qu'elle jouisse et qu'il la suive aussitôt dans cette « *petite mort* ».

Lorsqu'il se réveilla, son amie lui tournait le dos ; à peine ouverts, ses yeux se saoulèrent de la croupe qui s'offrait puis une main vint dire bonjour à « *Pipa* » en se faisant caressante. Madeleine se tourna sur le dos et s'étira. Ainsi, elle lui donnait de voir sa petite prairie puis la jeune femme fit encore un quart de tour. Elle dormait encore. Maintenant, il pouvait admirer et même flatter « *Jean-Louis* » quand à « *Marie-Charlotte* » elle lui était cachée par une jambe repliée sur le ventre. Il décida de la laisser encore dans les bras de Morphée. S'étant habillé rapidement, il descendit petit-déjeuner.

Quand il revint plus d'une heure après, il la trouva assise dans le lit, un plateau sur les genoux. Elle lui adressa un sourire plein de bonheur et de sérénité. Ses seins faisaient les fiers et les aguicheurs profitant de ce que « *Marie-Charlotte, Luna et Pipa* » dormaient sous le drap.

— Bonjour mon beau ! Tu veux bien me débarrasser ?

Il alla l'embrasser et s'enquit du plateau qu'il déposa sur une table. Il se dévêtit en hâte avant de la rejoindre. Allongés l'un à côté de l'autre ils commencèrent par être sages. Elle lui prit la main et la serra fortement. C'était pour elle une bonne façon de lui dire énormément de choses : *C'était bon, très bon même ; C'est bon, c'est même très bon ; Je t'aime ; je suis heureuse ; je suis bien ; Tu m'as fait jouir et tu recommenceras ; Je vais t'aimer encore ; regarde le soleil, il entre dans la chambre et il est dans tes yeux, etc.* Lui, revoyait le film de la veille et notamment son arrivée dans le jardin, sûre d'elle-même, modestement triomphante, séductrice, croqueuse d'hommes avec pourtant l'aspect d'une enfant.

Elle se blottit au creux de son épaule et posa l'une de ses jambes sur les cuisses de son ami. Il crut qu'elle souhaitait dormir encore aussi ferma-t-il lui aussi les yeux. Mais, bien vite, une main glissa sur sa poitrine puis vers son ventre avant de voyager sur son buste, titillant ses tétons ce qui lui procura un plaisir particulier, ce qu'aucune autre de ses conquêtes n'avait réussi à faire. Lorsque les doigts se courbaient un peu, il sentait une légère griffure qui l'électrisait. *d'Artagnan* montra qu'il n'était pas insensible. Madeleine alla tout de même vérifier ce point de détail. Oh, elle ne prit pas le chemin direct ni l'express mais bien des traverses tout en se montrant hésitante. On aurait cru qu'elle ne savait pas du tout où trouver ce qu'elle cherchait. Sa main s'attarda sur sa toison comme si elle était en reconnaissance. Elle n'y trouva point d'objet flasque, au repos et conclut que le mât s'était dressé. Elle le happa soudainement mais sans violence avant d'en estimer la taille comme si elle voulait s'assurer que tout était là. Les mignardises qu'elle lui accorda finirent de le durcir. Cette main vorace ne se satisfit pas de cette conquête et soupesa ses bourses comme on évalue un butin après la victoire. Pendant cette croisade la bouche de Madeleine avait emprunté quasiment le même chemin et semblait venir en renfort. En fait elle s'imposa et, sans coup férir, prit la place de la main qui, désespérée se réfugia sous une fesse. Lui, avait ouvert les yeux et ne resta pas inactif ; tour à tour, *« Luna puis Pipa et enfin Marie-Charlotte »* reçurent ses hommages et peuvent en témoigner. Finalement, ils se retrouvèrent dans la position de *« l'année érotique »* qui porte le même nom que le numéro de la suite qu'ils occupaient : 69. « *La suite serait délectable mais je ne peux malheureusement pas la dire et c'est regrettable »* !

Il leur fallut deux jours et deux nuits pour apaiser, mais si peu, leur ardeur. L'un et l'autre avaient tant attendu. Alors, tout en continuant à profiter d'eux, ils s'affrontèrent au tennis, prirent de grands bains de mer, se testèrent aux échecs. Là, Franck l'avait joué cool ; trop sûr de lui, il fut rapidement « échec et mat ». L'ayant jaugée à ses dépens, il promit à Madeleine une revanche qui durerait au moins deux heures. Ils furent invités à un petit tournoi de bridge et révisèrent leurs annonces comme deux écoliers sérieux. Ils déambulèrent dans l'île et se baladèrent longuement sur la plage. Au cours de ces promenades, Madeleine se nichait dans ses bras et lui l'y serrait passionnément. Petit à petit, la jeune femme ressentit des changements intérieurs qui lui étaient jusqu'alors inconnus. Il n'y avait plus seulement « *Bernard et Jean-Louis* », « *Luna et Pipa* » ou « *Marie-Charlotte* » pour le réclamer comme amant, son cœur commençait à vouloir qu'elle s'en fît un ami. C'était nouveau mais elle adorait cette sensation ; elle avait trouvé la paix, la quiétude, le bonheur, la gaieté aussi ; elle se sentait protégée et invincible, reine et sereine ; Était-ce ça : l'Amour !

Lui aussi commençait à fondre devant cet astre si chaud, si lumineux ; devant cette femme aux allures de poupée de porcelaine, fragile autant que gracile. L'aimer, oui ; La protéger ? Pourquoi pas, si elle le veut ! Son esprit filait alors à Arcachon où il présentait Madeleine à sa famille. Il n'y croyait pasvraiment mais l'envisageait tout de même.

Ils ne parlèrent jamais de leurs passés ni même de leur enfance puisqu'ils avaient convenu de laisser tous leurs souvenirs à Paris. Par contre, ils se faisaient du théâtre ; elle se mettait à lui parler t'chi et il répondait en créole ; Elle imitait une épouse exaspérée ou une mère de famille débordée. Il se transformait en prétendant timide ou en mari et père complètement dépassé. Il devenait DRH et elle candidate angoissée. Elle se transformait en postière ronchonne et lui en client désireux d'envoyer un colis mal ficelé. Il joignait le SAV de son opérateur et elle répondait avec un fort accent maghrébin. Elle devait négocier des délais avec son percepteur qui voulait lui appliquer une pénalité de deux fois seins pour cent. Elle conduisait sa voiture au contrôle technique et pestait qu'on lui impose une contre-visite. Ils refirent le débat télévisé du 2ème tour entre Nicolas Sarkozy se retenant et Ségolène Royale refusant de se calmer. Il devenait consommateur et hésitait sur ce qu'il devait acheter, alors elle se faisait vendeuse de produits alimentaires, ensuite de costumes d'été ou de caleçons fins. Ils jouaient aux devinettes ou à chat perché dans la suite.

De même, ils n'abordèrent jamais le sujet de leurs activités professionnelles ni celui de leurs relations familiales ou amicales. Ils écrivaient leur histoire sans savoir si elle resterait éphémère ou si elle deviendrait un long et beau voyage.

Le troisième jour, Madeleine adressa une carte postale à *Madame* ainsi rédigée:

«Il me prend tout ~~le~~ mon temps ! Je t'embrasse. Madeleine »

Le vendredi, Madeleine entraîna son ami faire du ski nautique. Elle n'en avait pas fait depuis longtemps et mourrait d'envie de s'y remettre. Lui prendrait sa première leçon avec comme objectif : sortir de l'eau et tenir quelques mètres. Après un départ « à la barre » puis au « petit bâtonnier », il finit par y arriver et apprécia de glisser sur l'onde. Après avoir retrouvé le bateau, il put apprécier son amie manifestement très à l'aise dans cette discipline ; il la voyait slalomer avec aisance, à la fois svelte et musclée. Lorsqu'il comprit qu'elle allait sauter, son cœur s'emballa soudainement sans qu'il puisse se contrôler. Il la vit avancer vers le tremplin puis littéralement voler avant d'amerrir avec grâce et souplesse. Il applaudit à tout rompre, enfin soulagé ; il avait eu si peur.

Lorsqu'ils s'étaient retrouvés autour d'un verre au bord de la plage, il avait fini par le lui dire :

— J'ai admiré tes performances mais quand j'ai deviné que tu allais prendre la rampe de saut, j'ai eu peur pour toi... Et même très peur !

Émue de cet aveu, elle se leva pour s'asseoir sur ses genoux et se blottir dans son cou. Ils restèrent ainsi plusieurs minutes avant qu'elle ne le regarde droit dans les yeux avec tendresse et passion :

— Attention, Maître, vous devenez amoureux...

Comme s'il acquiesçait à ce jugement, il l'enlaça et elle reposa sa tête sur son épaule lui glissant à l'oreille :

— Moi aussi, mon chéri, je t'aime !

Nul ne sait combien de temps ils restèrent ainsi mais le changement qui s'opérait entre eux méritait bien de la durée. Ils se trouvaient bien et voulaient en profiter pleinement. Elle lui caressait délicatement le buste, il avait une main sur sa cuisse sur laquelle il pianotait. Finalement, elle se leva et lui prit la main pour une course folle le long de l'eau qui se finit dans les vagues.

Un matin, alors qu'il s'était attardé dans la salle de bains, en rejoignant la chambre, il la trouva à quatre pattes sur le lit. Comment résister à un tel appel ? Il lui caressa le dos ce qui la fit un peu trembler, il adressa de vives félicitations à ses deux *roberts* avant de prendre du recul. Le devinant derrière elle, ses reins se creusèrent et son œillet - qu'elle appelait *Joseph* - lui fit de l'œil. Entouré des jumelles qui lui servaient d'écrin, son anneau de Saturne semblait sourire. Franck se fit taquin envers *Luna et Pipa* comme on vient se rassurer auprès de vieilles connaissances puis il sollicita *« Marie-Charlotte »* pour qu'elle lui offre ses jus. Alors, il remonta vers la boutonnière de son amie et la massa avec douceur. Madeleine se demandait jusqu'où il irait et s'il allait cueillir sa dernière virginité ; Comme toujours, les doigts experts qui la caressaient lui procuraient d'agréables sensations en même temps qu'une envie de nouvelles découvertes ; elles se refusaient pourtant à l'idée qu'il se permette… Et il ne se permit point. *« d'Artagnan »* aimait « *Marie-Charlotte* » et c'était réciproque. Lorsqu'elle sentit qu'il était sur le seuil, un coup de reins le fit entrer dans la demeure aimée. Là, il se fit adulateur, joueur, explorateur, examinateur, un peu menteur, assureur, promeneur, sprinteur, accrocheur, tourmenteur, écarteur, pourfendeur, affineur, meneur, ajusteur, tourneur, ambassadeur, butineur, profiteur, accapareur, émetteur, ravitailleur et finalement jouisseur.

De son côté, « *Marie-Charlotte* » ne fut pas en reste, elle se montra aguichante, dansante, sémillante, attirante, pétulante, trémoussante, moulante, aspirante, bouillante, ruisselante, aimante et amante.

Au déjeuner, il lui adressa ce compliment :

— Je dois reconnaître que la nature et tes parents méritent le prix Nobel de la création : tu es en tout point absolument parfaite !

Lors du dernier dîner, tous les deux s'habillèrent comme le premier soir mais cette fois, c'est ensemble qu'ils se rendirent au restaurant. Madeleine n'osait pas lui dire : *« c'est comme si nous allions à un mariage »*. Lui n'hésita pas à la trouver aussi belle et épanouie qu'une jeune mariée. Alors, elle avança un pion :

— Et toi, te sens-tu une âme d'époux ?

— Je n'en sais rien, je prends tout ce que tu me donnes et cela fait beaucoup ; tu me combles et je tiens à en profiter maintenant.

— Tu as raison ; moi aussi tu me gâtes.

Ils restèrent un moment sans parler. Qui franchirait le pas ? Lequel prendrait le risque d'un refus ? Ils tenaient maintenant trop l'un à l'autre pour envisager ne serait-ce qu'une seconde que leur parfaite idylle se termine dans un hall d'aéroport. Madeleine trouva un chemin détourné :

— Tu vas probablement reprendre ton étude de cyprinologie et tu risques d'avoir perdu la main ! Ce soir tu me diras si *« la tromperie »* demeure toujours en moi ou si « *la repentance* » l'a effacée.

— Toi qui aimes les arnaques, tu peux rajouter cette histoire à ta collection.

— Ah ! Comment ça ?

— Ce n'est que du grand guignol. Un jeu tiré d'un fantasme qu'on finit par oser réaliser ou tout simplement du fétichisme. Cette jeune femme et son amie sont absolument charmantes mais elles devront trouver un autre *spécialiste* pour les préparer lorsqu'elles auront envie de se câliner.

— Tu paraissais pourtant très sérieux et expérimenté…

— Foutaise, tu veux dire. Votre jus ne raconte rien, ce sont vos yeux qui, eux, disent tout. Il suffit donc d'y lire. La morphopsychologie vient probablement un peu de là.

— Confidence pour confidence, notre rencontre n'est pas fortuite et notre pseudo-accrochage : un montage pour te rencontrer.

— …

— Je suis une amie de celle que tu appelles « *Madame* » ; elle m'a demandé de te tester au lit car elle te destine à faire l'éducation amoureuse de « *Mademoiselle* ». Elle pensait que nous sauterions l'un sur l'autre en un rien de temps. Tu as bouleversé ses plans en prenant un si grand et interminable élan. Tu as fait durer le plaisir et je n'ai eu qu'à m'en réjouir.

— Oublions tout cela. Pensons à nous deux. Rien qu'à nous deux. Je crois bien que je ne vais pas pouvoir reprendre ma vie comme avant. Ma vie bien rangée de célibataire. Le boulot du lundi au vendredi et souvent une partie du samedi ; un week-end mensuel et familial à Arcachon et, selon les opportunités ou mes besoins, une galipette de temps à autre. Je sens que je vais t'appeler jour et nuit et pas seulement pour m'inquiéter de la tenue que tu portes. Je me vois mal continuer à dîner seul même avec Bach ou Laurent Voulzy comme compagnon ; tu seras mon invitée permanente pour un resto ou un dîner traiteur. Et mes dimanches ? Tu me vois dans mon appartement tourner en rond comme Théodule dans son aquarium en ne pensant qu'à toi ?

— Alors, moi, je t'attendrai dans la cuisine seulement vêtue d'un tablier ou en tenue de gala lorsque le dîner sera aux chandelles ou encore juste en string lorsque le thème de notre soirée sera « *Le lido* ». J'imagine le menu que je te concocterai : Salade de moules en entrée suivie d'une queue de bœuf et son bouillon accompagnée de légumes de saison, une goutte du Limousin comme fromage et comme dessert, un jésuite pour moi et une religieuse pour toi. Nous retournerons à Vincennes et nous referons les magasins ensemble. Adoptons la garde alternée de nos appartements. Une semaine chez-moi, l'autre dans le tien. Ainsi, toutes les semaines nous croirons partir en voyage.

— Tout cela n'est-il pas trop précipité ? Tu as touché mon cœur mais tu ne connais pas mes défauts…

— Ce soir nous demanderons à ton « d'Artagnan » et à ma « *Marie-Charlotte* » ce qu'ils en pensent. Quel qu'il soit, nous nous conformerons à leur avis. Qu'en penses-tu ?

— Ainsi soit-il !

www.ingramcontent.com/pod-product-compliance
Lightning Source LLC
LaVergne TN
LVHW050322160826
845677LV00014B/3515
9791095160083